Dolores Ida

... ist dicker als Wasser

Bibliografische Information der Deutschen Nationalbibliothek: Die Deutsche Nationalbibliothek verzeichnet diese Publikation in der Deutschen Nationalbibliografie; detaillierte bibliografische Daten sind im Internet über dnb.d-nb.de abrufbar.

TWENTYSIX – Der Self-Publishing-Verlag
Eine Kooperation zwischen der Verlagsgruppe Random House und BoD – Books on Demand

© 2016 Dolores Ida

Herstellung und Verlag:
BoD – Books on Demand, Norderstedt

ISBN: 978-3-7407-0921-1

Der Morgen des letzten Tages im Leben von Sabine Brinkmann unterschied sich in nichts von denen anderer Tage. In der allerletzten Minute war sie aufgestanden, ins Badezimmer getaumelt und hatte so heiß wie möglich geduscht. Erst, als ihre Haut zu brennen anfing und sich rötete wie ein Hummer, frottierte sie sich trocken und cremte sich von Kopf bis Fuß mit Hautmilch ein. Dann sprayte sie großzügig das neue Parfüm, das Markus ihr neulich mitgebracht hatte, auf den Hals und zwischen die Brüste und sog genießerisch den Maiglöckchenduft ein. Eigentlich bevorzugte sie sportliche, moderne Düfte und war überrascht, als sie das Papier aufriss und den nostalgischen Flacon sah. "Das ist mal etwas anderes und ich mag diesen Duft," hatte Markus gesagt.
Und er sollte Recht behalten, sie hatte sich in das Parfüm verliebt. In Kürze würde ein neuer Lebensabschnitt beginnen, sie würde im Krankenhaus kündigen, in die Praxis ihres Vaters einsteigen, eine große, sonnige Wohnung suchen und, das Allerwichtigste, mit Markus die beste Ehe führen. Sie kannte keine zwei Menschen, die besser zusammenpassten. Sie hatten die gleiche praktische Veranlagung, den gleichen distanzierten Blick für den gemeinsamen Beruf, eine gesunde Portion Ehrgeiz, aber nicht so viel, dass sie nicht noch Zeit für ihr Hobby, das Tennisspiel, das sie übrigens mit den meisten Kollegen im Krankenhaus teilten, aufgebracht hätten. Obwohl sich Sabine nie eingehendere Gedanken darüber gemacht hatte, war sie der Ansicht, dass Markus´ Familie sie gut leiden konnte. Er war der Jüngste von drei

Geschwistern und sowohl seine Eltern wie auch der Bruder und die Schwester verwöhnten ihn und hatten nur sein Wohlbefinden im Sinn. Vielleicht taten sie alle eine Spur zuviel für ihn. In der Ehe würde sie ihm dieses „Kronprinzentum" schon austreiben. Er müsste auch Aufgaben zu Hause übernehmen, schließlich wollte sie auch ihren Beruf ausüben, selbst wenn Kinder kamen und das wollten sie beide, das wusste sie. Aber das hatte noch Zeit. Jedenfalls nahm sie sich vor, keine nervenzermürbenden Streitereien zu haben wie so viele andere Paare. Sie wollten eine harmonische, kameradschaftliche Ehe führen, das hatten sich beide fest vorgenommen.

Manchmal, wenn sie allein im Bett lag und nicht gleich einschlafen konnte, nachdem Markus
gegangen war, beschlich sie ein leiser Zweifel, eher ein Unbehagen, welches sie sich nicht zu erklären wusste. Sie hatten guten Sex miteinander; er ging zärtlich und sehr einfühlsam vor, wartete, bis sie soweit war und schritt dann selbst zum Höhepunkt. Alles durchaus sehr gut gemacht und ausgeführt. Es war angenehm mit ihm im Bett. Warum wurde sie dann das Gefühl nicht los, dass er daneben stand und sie beide beobachtete, dass er sich niemals ganz gehen und sich einmal völlig hinreißen ließ? Das machte sie befangen und beeinträchtigte ihren Genuss erheblich. Vielleicht sollte sie das einmal ganz offen ansprechen. Jetzt aber lag erst einmal ein langer, harter Arbeitstag auf der Hals-Nasen-Ohren-Station vor ihr. Heute Abend war sie mit Markus bei seiner Familie

zum Essen eingeladen; sie wollten den 65. Geburtstag seines Vaters feiern und Näheres über ihre bevorstehende Hochzeit besprechen.

In ihre Duftwolke eingehüllt schwebte sie zu ihrem Kleiderschrank und stöberte kritisch in ihren Sachen herum. Nach dem Dienst würde sie keine Zeit mehr zum Umziehen haben, also musste sie jetzt schon die Sachen für heute Abend anziehen. Nach einigem Hin und Her entschied sie sich für den hellgrauen Hosenanzug und die rote, bequem sitzende Seidenbluse. Den Blazer würde sie in ihr Spind auf der Station hängen, bevor sie sich den weiten Arztkittel über die anderen Sachen ziehen würde. In der Mittagspause hoffte sie, Markus in der Kantine zu treffen, sicher war das jedoch nicht. Er arbeitete auf der Internistischen Station und hatte mitunter so viel zu tun, dass der Imbiss mittags ausfallen musste.

Sabine war jetzt so spät dran, dass nur noch Zeit für einen lauwarmen Nescafe blieb, den sie mit angewidertem Gesichtsausdruck hinunterwürgte. Auf der Station würde sie richtigen Kaffee bekommen, die Schwestern hatten immer eine große Thermoskanne bereit stehen. Alle dort tranken unglaublich viel Kaffee und das rund um die Uhr.

Sie griff sich ihre Umhängetasche, warf die Wohnungstür, ohne abzuschließen hinter sich zu und stürzte die Treppe hinunter. Zum Glück konnte sie laufen zum Krankenhaus. Es lag nur wenige Minuten von ihrer Wohnung entfernt, so beanspruchte sie keinen Parkplatz in dem engen Parkhaus der Klinik und konnte ihren etwas klapprigen

Golf vor ihrem Haus stehen lassen. Sie wohnte in einer ruhigen Nebenstraße und bog in eine noch ruhigere kleine Straße ein. Es gab hier keine Geschäfte und kein Mensch war zu sehen; es fuhr auch kein Auto auf der noch mit Kopfsteinen gepflasterten Fahrbahn. Mit routiniertem Blick und ohne nach links und rechts zu sehen, hatte Sabine das erfasst und war im Begriff auf die andere Seite zu eilen, als ein heller Wagen plötzlich wie aus dem Nichts auftauchte und mit atemberaubender Geschwindigkeit auf sie zuraste wie eine Rakete auf ein genau eingestelltes Ziel. Völlig überrascht wandte sie sich dem Wagen zu, sah in zwei bekannte Augen, verharrte den Bruchteil einer Sekunde bewegungslos auf der Stelle, drehte sich rückwärts, um sofort wegzurennen, auszuweichen der tödlichen Gefahr, aber das Auto machte einen Schlenker auf sie zu, erwischte sie von hinten und riss sie auf den Boden, fuhr mit den Vorder- dann mit den Hinterrädern über ihren Körper hinweg, raste weiter und verschwand.

Sie war nicht sofort bewusstlos, sie war auf den Rücken gerollt und schaute in den Himmel über ihr, der mit Schäfchenwolken besprenkelt war, die immer verschwommener wurden und kurz darauf in einer grauen Masse zusammenflossen, bis sie nichts mehr erkennen konnte. Sie wartete auf das Einsetzen des Schmerzes, der kommen musste, aber sie fühlte überhaupt nichts, nur die Unfähigkeit, Luft zu holen, weil sich ihr Mund mit einer heißen Flüssigkeit gefüllt hatte und ihr Brustkorb von einer ungeheuren Kraft zusammengepresst wurde. Sie sah nicht ihr Leben an sich vorbeiziehen und ihre letzten Gedanken waren auch nicht erhaben und bedeutungsvoll. Unmittelbar, bevor sie starb und ihr Gehirn sich mit gnädiger Schwärze füllte, dachte sie daran, wie schwierig es sein würde, die Blut- und Ölflecken aus ihrer Bluse zu entfernen.

*

Markus Scholl war gerade bei der Visite, als ihn die Nachricht erreichte. Die Stationsschwester mit Stift und Block in der Hand, die Diätassistentin mit elektronischem Organizer versehen, eine Krankenpflegeschülerin im ersten Jahr und der Famulus, der ständig gähnte, sie alle zogen den sperrigen Kurvenwagen über den spiegelblank geputzten Boden. Sieben Zimmer hatten sie schon besucht und steuerten jetzt das letzte an; die kleine Schülerin öffnete beflissen die Tür. Markus sehnte sich nach einem Kaffee und ärgerte sich über den Famulus, der im Stehen fast einzuschlafen schien. Warum konnte sich der Kerl nicht zusammennehmen? Er hatte letzte Nacht auch nur fünf Stunden geschlafen, aber auf Station musste man fit sein. Er war überaus beliebt bei den Patienten, besonders bei den weiblichen und noch mehr bei den Schwestern, die den gutaussehenden hochgewachsenen Mann anhimmelten und sich darum rissen, ihm jede Gefälligkeit zu erweisen. Früher hatte es einige Liebeleien und Bettgeschichten mit einigen von ihnen gegeben. An Bewunderung gewöhnt hatte er mitgetanzt im Reigen ohne tiefer angerührt zu werden; abgesehen von ein paar Kratzern an der Oberfläche war er unverletzt geblieben. Sabine war anders als die willigen Frauen, die von ihm angezogen wurden wie Insekten von dieser blauen Lampe, die man im Sommer auf dem Balkon anbringen konnte und die immer surrte, wenn sich ein größerer Quälgeist als eine Mücke tödlich an ihr verbrannte. Sie hatte sich selbstbewusst und zielstrebig um seine Zuneigung bemüht, nachdem sie sich in ihn verliebt hatte und eine Chance für eine gemeinsame Zukunft sah.

Und er fühlte sich wohl in der Beziehung, sein Leben war in geordnete Bahnen gelenkt worden, im Grunde mochte er die Flatterhaftigkeit der bedeutungslosen Liebeleien nicht. Von Hause aus an ein geordnetes Familienleben gewöhnt, strebte er dasselbe auch für sich an, allein eine gewisse Trägheit des Charakters hatte ihn gehindert, aktiv etwas für die Pflege und Vertiefung einer Freundschaft zu tun. Diese leichte Schwäche kam Sabines dominierendem Wesen entgegen, vielleicht hatte sie sich dieser Eigenschaft, dieses geringfügigen Persönlichkeitsmangels wegen zu ihm hingezogen gefühlt.

Sie war die große Organisatorin, sie trieb die Dinge voran, die kleinen, alltäglichen und die großen bevorstehenden, die ihrer beider Leben entscheidend verändern würden. Und er war erleichtert, einen Menschen in seinem schwankenden Dasein zu wissen, der ihn führte und ihm das seiner Position angemessene Leben vorlebte, das den allgemeingültigen Regeln entsprach. Zuweilen vergaß er das und lief Gefahr, sich in verworrene und angstmachende Gedanken zu verlieren.

Erleichtert hatte er festgestellt, dass es leicht war, Sabine zu lieben, das Zusammensein mit ihr war angenehm. Mit einer gewissen arroganten Genugtuung hatten beide ihre gepflegte Harmonie zur Schau gestellt und demonstrativ ihr Zusammengehörigkeitsgefühl als Schild gegen ihre Umwelt verwandt. Bei den weiblichen Mitgliedern des Personals gab es tiefe Seufzer und manch heimliche Träne. Bei einigen männlichen, eher dem gleichen Geschlecht zugeneigten, resignierte lange Blicke.

Das Krankenzimmer war mit drei Betten belegt und Markus stand vor dem mittleren in das Krankenblatt vertieft. Er seufzte; die Patientin war 87 Jahre alt, litt an massiver Linksherzinsuffizienz und schwerer Diabetes, sie würde nicht mehr in ihr Seniorenheim, in dem sie die letzten zehn Jahre ihres Lebens verbracht hatte, zurückkehren können. Sie war in verwirrtem Zustand nachts auf der Straße aufgegriffen worden und bedurfte der ständigen Pflege und Versorgung. Ihm tat es Leid um die humorvolle alte Frau, die in seltenen Augenblicken der Klarheit um ihren Zustand wusste, aber meistens in seliger Vergangenheit lebte, in der sie wieder das fröhliche, 16-jährige Mädchen war. Ihr Gesicht war derart von Runen und Linien durchzogen, als hätte ein gelangweilter Schüler im Geschichtsunterricht mit einem Bleistift ein zerknittertes Blatt Papier vollgekritzelt. Ihre braunen Augen aber blitzten Markus so lebhaft und blank

entgegen wie ein Kind, dass neugierig an jeder Straßenecke ein Geheimnis vermutet.
"Tag, Frau Bredow, na, wie geht`s denn heute?"
Sie summte leise vor sich hin, ihre brüchige Stimme hell wie von einem kleinen Mädchen: "Ich habe keine Zeit, ich habe jetzt Klavierstunde, wenn ich zu spät komme, schimpft Mama mit mir!"
Mama sprach sie mit Betonung auf dem zweiten a.
Die Stationsschwester drängte sich an seine Seite und tippte auf eine Stelle im Krankenblatt: "Gestern Nachmittag hat sie einen Schaukeleinlauf bekommen, nachdem sie den vierten Tag nicht abgeführt hat. Abends ist sie beim Aufstehen kollabiert, hat sich aber nichts getan."
Markus befühlte die Haut der alten Frau zwischen Daumen und Zeigefinger.
"Sie trinkt nicht genug, ist völlig dehydriert, infundieren Sie NaCl."
Nicht zum ersten Mal ärgerte er sich über das Pflegepersonal. Das hätten sie schon längst tun können, solche Dinge konnten sie allein entscheiden, die Patientin hatte schließlich einen zentralen Venenzugang. Er überlegte, ob er eine kurze Stationsbesprechung nach der Visite machen sollte, als die Tür aufgerissen wurde und sein Kollege Beck hereinstürzte. Sein Gesicht war verzogen und hatte einen ganz merkwürdigen Ausdruck.
"Markus", brachte er heiser hervor, räusperte sich und begann noch einmal: "Markus, komm bitte mal!"

Überrascht musterte Markus ihn, Beck war nicht so leicht aus der Ruhe zu bringen. Er arbeitete in der Unfallambulanz und war bekannt für seine überlegene und kaltblütige Art, in der er sofort die richtigen Entscheidungen und Anweisungen traf, um den Opfern die nötige Hilfe zukommen zu lassen. Jetzt zeigte sein Gesicht eine Gefühlsregung, die Markus nicht gleich einordnen konnte; fast glaubte er Ängstlichkeit darin zu erkennen.
"Komm mit nach draußen", drängte ihn Beck, nahm ihn kräftig am Ellbogen und schob ihn zur Tür.
"Du, es ist…ich muss dir etwas sagen, es ist etwas mit Sabine. Also", er holte tief Luft: "Sie hatte einen Unfall, einen schweren, sie ist tot, der diensthabende Kollege hat sie noch am Unfallort und während der Fahrt hierher reanimiert, erfolglos," sagte er leise.
Markus starrte ihn an." Sie fährt doch gar nicht mit dem Auto, sie läuft zur Arbeit, ich verstehe nicht"
"Ein Wagen hat sie überfahren, Fahrerflucht, die Polizei ist unten".
"Das glaube ich nicht. Ich will sie sofort sehen!"
Markus steuerte entschlossen den Fahrstuhl an. Als er nicht gleich kam, rannte er zur Treppe, Beck hinter ihm her und das war gut so, er nahm mehrere Stufen auf einmal und wäre gestürzt, wenn Beck ihn nicht gehalten hätte.

Ihr Gesicht war weiß und ausdruckslos, sie war bis zum Hals mit einem Laken zugedeckt. Die Augen wären offen gewesen, wenn sie nicht jemand zugedrückt hätte. Die Lippen waren verkrustet von Blut. Sie war es und sie war es doch nicht. Eine Fremdheit und Unnahbarkeit ging von ihr aus, die ihn zurückweichen ließ. Er zögerte, trat wieder näher, wollte ihr das Laken wegziehen und tat es nicht. Ein Schwindel hatte ihn erfasst und er fühlte bedrohlich den schwarz-weiß gefliesten Boden näher kommen, da schoben sie ihm schnell einen Stuhl unter. Beck hielt ihm ein Glas Wasser an den Mund und nötigte ihn ein paar Schlucke zu trinken. Er verschluckte sich und musste husten, tränenblind beugte er sich vor, um die plötzliche Übelkeit zu bekämpfen, da fiel sein Blick auf einen Hocker. Ihre große, braune Umhängetasche lag dort, in der sie alles mögliche untergebracht hatte. Manchmal, wenn sie ihn gefragt hatte, ob er ihr etwas daraus holen könnte, hatte es ihm Spaß gemacht, darin zu kramen und die unterschiedlichsten Dinge herauszuholen, vom Schminktäschchen, Zahnbürstenetui bis zum Taschenbuch war sie vollgestopft. Jetzt lag etwas rot glänzendes halb über der Tasche und er fragte sich, was es wohl sei, bis er ihre Seidenbluse identifizierte. Er schluchzte trocken auf.

Ein Polizist in Uniform trat zu ihm und bat ihn um einige Angaben. Benommen und automatisch gab er die Antworten.

*

Sie war nicht darauf vorbereitet. Mit ihrem aufrechten, stolzen Gang und ohne überhaupt auf ihre Umgebung zu achten, schritt sie rasch aus, den Kopf hoch erhoben. Sie wirkte elegant wie immer, von einer kühlen, pfefferminzartigen Frische, die auf ihre unmittelbare Umgebung diesen Zauber ausübte, um den sie so viele beneideten. Lediglich die Anderen, die selbst vom Schicksal Begünstigten, die Sonntagskinder dieser Erde, mochten sie leiden, ja, befreundeten sich mit ihr. Es war nicht nur ihr Äußeres, ihre hübsche Fratze, der vollendet geformte Körper, was ich an ihr hasste. Noch stärker hasste ich ihre lässige Art, wie sie sich über alles so leicht hinwegsetzte, die Fragen anderer nicht beantwortete, nicht, weil sie jemanden kränken wollte, nein, das lag ihr fern; sie hörte sie nicht, sie nahm andere Menschen nur wahr als kreisende Planeten in ihrer Umlaufbahn, die verblassten, weil sie als strahlende Sonne der Mittelpunkt war. Oh, sie konnte charmant und liebenswürdig sein ,wenn sie etwas wollte. Beschämt konnte man sich geschmeichelter Gefühle nicht erwehren, wenn man ihr einen Gefallen erweisen durfte, nur um dann wieder wie Luft behandelt zu werden. Ich kann gar nicht sagen, wie ich sie dafür hasste! Mein Hass steigerte sich zu einem derartigen Ausmaß, dass ich ihn kaum noch unter Kontrolle halten konnte. Sie in ihrem Glück zu sehen mit dem selbstgefälligen Lächeln in ihrem Gesicht hat mich fast umgebracht.
Ich konnte nicht mehr schlafen, ich konnte kaum noch essen. Ich überlegte hin und her, wie ich es tun sollte. Ein

Unfall schien mir eine gute Lösung. Tagelang hatte ich sie beobachtet, ihre Gewohnheiten ausgekundschaftet. Dann war ich soweit, ich war bereit, hatte den Motor schon angelassen, da trat ein Mann aus dem Haus gegenüber und ich musste es verschieben. Ich stülpte schnell mit einer Hand Mütze und Sonnenbrille wieder auf. Ja, dieses Risiko bin ich eingegangen, dass mich andere sehen; ich wollte von ihr erkannt werden, sie sollte mir in ihrer letzten Sekunde in die Augen sehen, sie sollte den Triumph und die Erlösung in meinem Blick sehen. Und genauso ist es heute abgelaufen. Völlig überrascht sah sie mich an, vielleicht zum ersten Mal in ihrem Leben sah sie mich richtig an, dann das Entsetzen der Erkenntnis, als ich hoch beschleunigte und über sie hinwegraste. Natürlich, sicher konnte ich nicht sein, ob sie tot war, wenn sie es dennoch überlebte, würde ich einen anderen Weg finden. Sie ist aber tot, vorhin habe ich es erfahren. Welche Wohltat, heute Nacht werde ich endlich wieder schlafen können, tief und fest. Ich bin befreit.

Nelli Franke stöhnte auf, als der nervende Ton des Weckers sie aus tiefem Schlaf holte. Unter der Bettdecke kroch ihre rechte Hand hervor und tastete nach dem Rädchen zum Abstellen, dabei stieß sie ihr Glas Wasser vom Nachttisch.
"Ach, Scheiße!" Wie ein Maulwurf wühlte sie sich aus dem tröstlichen Nest, bestehend aus Decke, Laken und

Kissen, heraus. Benommen saß sie auf der Bettkante und angelte mit dem linken Fuß nach ihren uralten Pantoffeln, sofort zog sie erschrocken die Füße zurück vor der kalten Nässe.

Seufzend hob sie das Glas auf, welches früher Senf enthielt und heil geblieben war, und tappte mit bloßen Füßen in ihre winzige Küche. Sie setzte die Kaffeemaschine in Betrieb und schob zwei dünne Weißbrotscheiben in den Toaster. Mit einem Putzlappen beseitigte sie das verschüttete Wasser und legte die durchweichten Pantoffeln auf den Heizkörper. Glasigen Blickes starrte sie auf ihr Bett und dachte daran, wie schön es wäre, wieder in die tröstliche Höhle zurückkriechen zu können. Welch ein Kampf jeden Morgen, besonders an einem Montag nach einem freien Wochenende. Niemand konnte sich eine Vorstellung davon machen, welchen Widerstand sie täglich überwinden musste, welche inneren Abwehrmechanismen sie in Gang zu setzen hatte, um den Arbeitstag beginnen zu können. Den ganzen Morgen über während des Duschens, des Anziehens und des einsamen Frühstücks an dem heruntergeklappten Tischbrett in ihrer Miniküche malte sie sich aus, nicht arbeiten gehen zu müssen, nie mehr zur Arbeit zu müssen, sondern den Tag mit Hausarbeit, Einkaufen, Kochen und, das wäre am schönsten, mit der Betreuung ihrer eigenen Kinder zu verbringen. So hatte sie sich ihr Leben schon als Jugendliche in der Schule vorgestellt; während die anderen Mädchen stöhnten und sich voller

Ekel abwandten, wenn ihre Mütter von ihnen verlangten, endlich einmal ihr Zimmer aufzuräumen, weil einem alles entgegenfiel beim Öffnen der Tür, hielt Nelli ihr kleines Zimmer in mustergültiger Ordnung. Jeden Tag räumte sie auf, so dass gar nicht erst Unordnung entstehen konnte, zwei Mal in der Woche putzte sie und freitags bezog sie ihr Bett frisch. Schon als zehnjähriges Kind wusch sie abends ihre Strumpfhose allein aus und hängte sie zum Trocknen über die Badewanne. Zur Verwunderung ihrer Freundinnen tat sie alles, was mit Hausarbeit zusammenhing, ausgesprochen gern, auch Fensterputzen, Abwaschen und so abscheuliche Dinge wie etwa Mülleimer auswaschen. Es machte ihr Freude, die Dinge und Gegenstände um sich herum sauber und blank zu machen. Bei den anderen stürzte sie sich freudig in das Chaos ihrer Zimmer und hatte im Handumdrehen einen gemütlichen Raum geschaffen. Kochen und Backen betrachtete sie als Hobby und sie war äußerst beliebt bei ihren Freundinnen, wenn sie ihnen selbstgebackene Kekse, komplizierte Souffles oder leckere Süßspeisen vorsetzte. Sie war von rundlicher Gestalt und musste fast ständig gegen drohendes Übergewicht kämpfen, wenn eine gewisse Grenze erreicht war und es fiel ihr sehr schwer, sich beim Essen einzuschränken, denn sie verabscheute Sport und mochte nicht einmal laufen, alles erledigte sie mit dem Auto. Es dauerte dann auch immer ziemlich lange, bis sie ihr Wunschgewicht erreicht hatte, aber lange konnte sie es nicht halten, denn sie aß einfach zu gern, was sie selbst gekocht hatte. Mit ihren großen, braunen, ganz leicht hervorstehenden Augen im runden Gesicht und, je nach Ansicht, dunkelblondem oder hellbraunem Haar, das schulterlang und meistens zu einem Pferdeschwanz hinten zusammengebunden war, wirkte sie zwar nicht umwerfend attraktiv, dennoch war sie in ihrer gesunden Frische und liebenswürdigen Ausstrahlung so anziehend, dass fast alle, die mit ihr zu tun hatten, ihr sofort Sympathie entgegenbrachten. In ihrem Beruf war das positiv und es erleichterte ihre Arbeit ungemein als eine ausgeglichene und in sich ruhende Person zu gelten. Das Missverhältnis zu ihrem Wesen, das sich etwas ganz anderes wünschte als ihr gelebtes Leben, konnte nur erkennen, wer sich die Mühe machte, sie näher kennen zu lernen und bisher waren es nicht allzu viele, die es versucht hatten.

Bei aller oberflächlichen Betrachtung von außen, hatte sie durchaus keinen hausbackenen Verstand, sondern dachte klar und logisch, organisierte und plante effektiv, was ihr oft zum Vorteil gereichte, wenn sie in ihrer Arbeit unterschätzt wurde. Sie wusste das und setzte es bewusst ein und konnte sich so von dem, was allgemein *Chuzpe* genannt wird, nicht freisprechen. Auf der Grundlage dieser Eigenschaften zu beachtlichen beruflichen, eigentlich gar nicht angestrebten Erfolgen gelangt, genoss sie es dennoch, den heißen Wunsch nach einer eigenen Familie und dem ausschließlichen Leben als Ehefrau und Mutter einstweilen mit dem Status einer Kriminalhauptkommissarin zu kompensieren.

Manchmal staunte sie immer noch, in welchem Beruf sie da gelandet war. In dem altmodischen Traum befangen, so bald wie möglich *den* Mann fürs Leben zu finden, hatte sie sich keine rechten
Vorstellungen gemacht, was sie nach dem Abitur anstellen sollte und war kurzentschlossen dem Beispiel ihrer besten Freundin gefolgt sich an der Polizeifachhochschule zu bewerben. Auch spielte die stille Hoffnung für sie mit, in diesem immer noch überwiegend von Männern besetzten Bereich den passenden Partner zu finden.
Es ergab sich aber, dass Lilli, ihre Freundin, die ehrgeizig eine berufliche Karriere anstrebte, nach eineinhalb Jahren der Ausbildung schwanger wurde und sich auf massiven Druck ihres Freundes für Ehe und Familie entschied mit dem fernen Ziel, dort weiterzumachen, wo sie einst aufgehört hatte. Als sie aber nach drei Jahren dann noch Zwillinge bekam und mit drei Kleinkindern völlig überlastet war, gab sie resigniert die Hoffnung auf.
Sie nahm heißen Anteil an Nellis Fortkommen, hatte brennendes Interesse an ihren Fällen und reagierte stets leicht verschnupft, wenn die korrekte Freundin sie darauf hinwies, sie dürfe keine Einzelheiten preisgeben. Von Nelli glühend um ihr Leben beneidet, projizierte sie ihre unerfüllten Wünsche und Träume derart auf sie, dass kaum ein Tag verging, ohne dass sie miteinander telefonierten.

"Hör auf," stöhnte sie, wenn Lilli sich inmitten Kindergeschreis, dem Rattern der fast ständig laufenden Waschmaschine und dem Chaos der überall herumliegenden Spielsachen einige freie Minuten erkämpfte, um sie anzurufen und sie auszufragen versuchte.

"Du weißt, ich würde sofort mit dir tauschen," sagte sie und versetzte sich sehnsüchtig in die Lage der Freundin. Die Sache sah jedoch nicht mehr so gut aus, wenn sie an Lillis Mann dachte, den sie nicht besonders mochte. Er war Immobilienmakler, bemühte sich so wenig wie möglich zu Hause zu sein und zeigte in seiner raren Anwesenheit seine schlechtesten Seiten. Er schimpfte mit den Kindern, ließ sich von Lilli bedienen und es gab viel Streit zwischen den beiden. Nein, ihren Lebenspartner stellte sich Nelli anders vor. Es hatte durchaus schon einige Beziehungen gegeben, bei denen sie sich sicher war, aber womöglich hatte sie die Männer mit ihren, wie Lilli meinte, spießigen Lebensvorstellungen verschreckt und nun würde sie in einigen Tagen 36 werden und sie spürte eine leichte Panik.

Im Büro saß Rötter schon auf seinem Platz und hatte die Kaffeemaschine in Gang gesetzt. Er hatte das Fenster weit geöffnet und die Morgenluft trug Frühlingsgerüche herein. Ihr Zimmer lag nicht zur Straße, sondern ging auf einen großen, stillen Hof hinaus, und eine riesige, alte Kastanie stand direkt vor ihrem Fenster und trug auf

ihren Zweigen weiße Blütenkronen. Nelli liebte den Baum und sie wäre gern allein im Raum geblieben, um verträumt in die schattenspendenden Äste mit dem frischen Grün und den in dieser Woche aufgegangenen Blüten zu schauen und ihren Gedanken nachzuhängen.
Obwohl Kommissar Rötter ein eigenes, kleines Büro hätte haben können, hatte er darauf bestanden, seinen Schreibtisch in ihr Zimmer zu quetschen, um in ihrer Nähe zu sein. Er wolle von ihr lernen, an ihren Überlegungen teilhaben und ihr stets zur Seite springen können, hatte er ihr erklärt. Er war ein Schleimer und sie mochte ihn nicht, aber sie wusste nicht, wie sie ihn daran hindern sollte, seine klebrigen Schmeicheleien abzulassen und so war sie oft schroff zu ihm, was eigentlich nicht ihre Art war. Sie war sich darüber im Klaren, dass er hinter ihrem Rücken intrigierte und von krankhaftem Ehrgeiz zerfressen war. Von allen Mitarbeitern, die sie in der Abteilung für „Delikte am Menschen" hatte, war er bei weitem der Unangenehmste. Mit anderen Untergebenen duzte sie sich ganz selbstverständlich, bei Rötter konnte sie sich nicht überwinden.
"Ich heiße Michael, darf ich Eleonore sagen?"
Vor seinen gravitätischen Worten war sie zurückgeschreckt wie vor einem Alien. Mit ihrem pathetischen Namen geschlagen, den sie auf Wunsch der Großmutter erhalten hatte, wurde sie von den Eltern zärtlich Nelli gerufen und sie hatte es so verinnerlicht, dass sie das pompöse Eleonore oft vergaß, aber natürlich

musste sie auf Dokumenten ihren Taufnamen eintragen. In ihrer Kindheit war sie ein überwiegend artiges kleines Mädchen gewesen und nur bei den eher seltenen Gelegenheiten sie rügen zu müssen, wurde sie von den Eltern Eleonore gerufen.

"Um Himmels willen, nein!" entfuhr es ihr, "wir bleiben lieber bei Herrn Rötter und Frau Franke und", fügte sie begütigend hinzu, denn ihre offene Unfreundlichkeit tat ihr etwas Leid, "wenn Sie einmal eine sehr hohe Position erreicht haben werden, wäre es Ihnen doch sicher unangenehm, von Ihren Untergebenen geduzt zu werden."

Sie musste sich umdrehen, damit er ihr Grinsen nicht sah. Er wäre nie auf die Idee gekommen, dass sie sarkastisch war.

Nun, von diesem Schnösel würde sie sich nicht verdrängen, nicht von der Karriereleiter schubsen lassen, sollte sie denn dazu verurteilt sein, noch jahrelang weiter als Single leben zu müssen.

"Guten Morgen, gut geschlafen? Der Kaffee ist gleich fertig." Er schnellte hoch und holte ihren blauen Becher von dem kleinen Bord über der Kaffeemaschine. Natürlich wusste er, wie sie ihren Kaffee trank, mit etwas Milch und reichlich Zucker. Lächelnd stellte er die Tasse vor sie hin, versuchte ihren Blick einzufangen und sagte eindringlich: "Gut sehen Sie heute wieder aus, richtig gut!"

Nelli stöhnte innerlich. Er konnte es nicht lassen mit ihr zu flirten, um sie gnädig zu stimmen. Sie wusste genauso gut wie er, dass sie nicht sein Typ war, so wenig wie er der ihre. Sie schätzte ihn durchaus als intelligent mit guten kriminalistischen Fähigkeiten ein, deshalb wunderte sie sich immer, warum er nicht kapierte, dass er sich mit seinen plumpen Komplimenten bei ihr nicht beliebter machen konnte. Zuweilen spielte sie mit dem Gedanken zum Schein auf seine Avancen einzugehen, nur um zu sehen, wie er reagieren würde. Dazu war er ihr aber zu unsympathisch. Vielleicht könnte sie ihn einmal auf einer Betriebsfeier, wenn sie genug getrunken hatte, hochnehmen. Das könnte amüsant werden. Sie hatte schon mitbekommen, dass er auch bei den Kollegen nicht beliebt war.
Vorsichtig schlürfte sie den Kaffee, den er fürsorglich umgerührt hatte.
"Gibt`s irgend was?"
"Heute früh tödlicher Verkehrsunfall mit Fahrerflucht", er blätterte in einigen Papieren auf seinem Schreibtisch, "nicht weit von hier, in der Gartenstraße".
"Hat bei uns doch nichts zu suchen", brummte sie.
"Vielleicht doch", sagte er. Aalglatt glitt er neben ihren Stuhl, ein Blatt in seinen manikürten Händen. Sie konnte sein After shave riechen.
"Die Streifenbeamten haben in der Nachbarschaft gefragt, ob einer etwas gesehen hat und eine alte Frau will tatsächlich beobachtet haben, wie ein Auto sehr

schnell auf das Unfallopfer, eine junge Frau, planmäßig zufuhr, sie meint, sie ist absichtlich überfahren worden."
Nelli sah skeptisch aus. "Eine alte Frau, die aus lauter Langeweile ständig am Fenster hängt und neugierig alles registriert, was auf der Straße vorgeht, na, ich weiß nicht."
"Hab ich ja auch gedacht, aber der Beamte, der mit ihr gesprochen hat, meint, sie wäre eine pfiffige Person, die sehr gut beieinander ist. Er hat ihr geglaubt und war eben bei mir."
"Miss Marple, hm?", meinte Nelli . "Gibt es schon einen Bericht? Nee, ist noch zu früh, oder?"
Sie las die wenigen Stichpunkte auf dem Papier.
"Eine junge Ärztin, 29 Jahre alt, arbeitet im Marienkrankenhaus auf der ..was soll das heißen.. ach so, Hals-Nasen-Ohren-Station, ist noch am Unfallort verstorben. Haben wir schon was von der Spurensicherung?"
"Noch nicht, ist ja erst vor etwas über einer Stunde passiert." Er schob den Ärmel seines grauen Anzugjacketts hoch und schaute auf seine allzu elegante Uhr. "Um genau zu sein, um 8:04, sie war etwas spät dran."
"Spät wofür?"
"Na, der Dienst der Ärzte beginnt um 8 Uhr."
"Vergessen Sie die akademische Viertelstunde nicht, Rötter.
Also gut, wir fahren hin, sehen uns den Tatort an, sofern es einer ist und sprechen mit Miss Marple."

Sie schnappte sich schnell ihre verknautschte, von ihr heißgeliebte Lederjacke vom Stuhl, bevor Rötter ihr hineinhelfen konnte.
"Ich fahre, haben Sie die Adresse?"
Sie fuhr einen waghalsigen Stil und er wäre lieber selbst gefahren, traute sich aber nicht, etwas zu erwidern.
Nelli, die das wusste, pfiff fröhlich vor sich hin, als sie den Abwärtsknopf am Fahrstuhl drückte. Die Türen glitten auseinander und eine Frau mit markantem Kurzhaarschnitt, der ein Vermögen gekostet haben musste, stieg aus. Außer einem sehr wichtigen Gesichtsausdruck trug sie noch eine Placeboumlaufmappe unter dem Arm, der Buchstabe im Loch der Mappe war nicht zu erkennen. Rötter sah hochmütig über sie hinweg, Nelli grinste ihr hinterher. Sie musste neu sein oder sie hatte sie bisher nicht bemerkt.

Die alte Dame gefiel ihr auf Anhieb. Sie war 78 Jahre alt, hatte leuchtendes, weißes Haar, das ihr wie eine Wolke um den Kopf schwebte und hellblaue Augen, die klug und amüsiert die beiden Kriminalbeamten musterten.
"Kommen Sie herein, ich hab noch Kaffee da, möchten Sie?" "Nein danke", sagte Nelli, indem sie ihren Ausweis wieder einsteckte. Gleich wird sie uns Sherry anbieten, dachte sie.

"Nun, dann vielleicht ein Gläschen Sherry?", fragte die alte Dame. "Ich darf leider nicht mehr, Zucker, wissen Sie, aber für Gäste halte ich immer etwas bereit."

Nelli starrte sie einen Moment sprachlos an, bis ihr aufging, wie dämlich sie wirken musste und weil Rötter schon abwehrend die Hand hob, willigte sie ein, ein winziges, aber wirklich nur winziges Schlückchen zu nehmen.

Das Wohnzimmer war mit alten aber geschmackvollen Möbeln, die schwach nach Lavendelpolitur rochen, etwas überfüllt.

"Bitte, setzen Sie sich doch," sie wies auf ein etwas ausgeblichenes, grünes Samtsofa und nahm ihnen gegenüber auf einem zierlichen, ebenfalls mit Samt bezogenen Sessel platz.

Rötter setzte sich erst, als die alte Dame saß. Himmel, dachte Nelli, der eigentlich gute Manieren gefielen und imponierten, nur bei Rötter abstießen, wo hat er das denn her, bei seiner Großmutter gelernt oder in einem Benimmbuch studiert? Wohlgefällig sah sie sich um, sehr viele Fotografien schmückten die Wände, standen in Silberrahmen auf Kommoden und Beistelltischchen. Kinder in allen Altersgruppen, allein oder zu mehreren und mit Erwachsenen zusammen waren darauf zu sehen, aber auch vergilbte Aufnahmen mit streng blickenden Personen, die Frauen mit Hauben und die Männer mit Kaiser Wilhelm-Bart, ein Foto von einem Paar im Brautstaat, wahrscheinlich ihre Eltern.

"Ja, es sammelt sich viel an im Laufe eines langen Lebens," sagte die alte Dame, die Nellis neugierige Blicke bemerkt hatte. Sie stand wieder auf und ging zu einem Cembalo, das halb unter dem Fenster auf filigranen drei Beinen stand und zum Schutz mit einem kleinen Perserteppich bedeckt war. Auch hier wieder viele aufgestellte Fotos, aber auch Bücher und Zeitschriften.
Sie brachte ein großes Foto in einem Holzrahmen mit. Es zeigte ein Baby in einer der üblichen Posen an ein dickes Kissen gelehnt, in ein paar Wochen würde sicher die Bauchlage auf dem obligatorischen weißen Fell folgen, dachte Nelli. Sie gab trotzdem die von einer Frau erwarteten Entzückensrufe von sich und obwohl Babies für Leute, die keine Kinder oder noch keine Kinder hatten, eigentlich alle gleich aussehen, war sie doch bewegt von deren Anblick, der sofort ihre eigene Sehnsucht nach ihnen wachrief.
"Das ist mein jüngster Urenkel , 15 Tage alt, Lukas-Benjamin heißt er. Na, sie werden ihn wohl doch Luke oder Benny rufen, er ist ein kleiner Amerikaner, sie leben in Kalifornien, wissen Sie."
Rötter, der wie ein Stehaufmännchen wieder aufgesprungen war, räusperte sich jetzt ungeduldig.
Das bewog Nelli, noch mehr auf ihre Gastgeberin einzugehen und indem sie auf das Cembalo zeigte und nach einem verstohlenen Blick auf ihren Notizblock, fragte sie: "Spielen Sie selbst, Frau Sembach?"
"Oh nein, leider nicht, aber mein verstorbener Mann spielte gern und gut, es ist ein Erbstück aus seiner

Familie. Aber auch wenn ich kein Instrument spiele, liebe ich deshalb Musik nicht weniger. Sehen Sie, das habe ich mir vor einem halben Jahr angeschafft."
Sie stand wieder auf. Armer Rötter, er schnellte wieder nach oben.
"Aber, so bleiben Sie doch sitzen;" rief Frau Sembach ungeduldig, "Sie machen mich ja ganz nervös."
Er lief rot an und setzte sich wieder. Nelli grinste ihn an.
Frau Sembach hatte eine Rolltür an einem Regal aufgezogen und dahinter versteckt kam eine hochmoderne chromfarbene Musikanlage zum Vorschein, die drei Geräte umfasste und neben der noch ein ziemlich großer Fernseher stand.
"Das ist ein CD-Spieler, der 100 Platten, Verzeihung, natürlich CD`s abspielen kann. Wissen Sie, man bewahrt sie darin auf, das spart Platz, er ist fast voll, ich bekomme so viele geschenkt, hauptsächlich Bach und Schubert, die liebe ich am meisten. Und das hier ist ein Blue-Ray-Spieler, haben Sie sicher schon längst. Ich sehe mir ausgesprochen gern Literaturverfilmungen an. Eine tolle Qualität, sage ich Ihnen, super, wie mein Enkel immer sagt. Er hat mich überredet, das zu kaufen, war mit mir in mehreren Geschäften, um das Beste auszusuchen, und ich muss sagen, ich habe es nicht bereut."
Sie zog die Rolltür wieder zu und kam zu ihnen zurück.
"Mein Enkel hat alles aufgebaut, schauen Sie mal, fünf kleine Lautsprecher, man sieht sie kaum, im Zimmer verteilt."

Sie zeigte auf fünf verschiedene Stellen und Rötter starrte sie ziemlich verblüfft an, sie entsprach wohl nicht ganz seiner Vorstellung einer alten Frau.
"Aber ich schwatze hier über Dinge, die Sie doch gar nicht interessieren. Sie sind wegen dieser armen, jungen Frau hier. Wie geht es ihr?
"Ja, Frau Sembach, leider hat sie den Unfall nicht überlebt. Sie ist tot."
"Mein Gott, sie ist tot? Er hat sie also umgebracht! Wie furchtbar! Haben Sie Ihn schon gefasst?"
Jetzt schaltete sich Rötter ein. "Sie haben also sehen können, dass ein Mann im Auto saß? Können Sie ihn beschreiben? Um welche Automarke handelt es sich?"
Sie runzelte die Stirn. "Nun, junger Mann, mit Automarken kenne ich mich nicht aus, ich kann nur sagen, dass es ein ziemlich großes Auto war, es war silberweiß. Und was den Fahrer betrifft, ich konnte ihn ja nicht richtig erkennen, kommen Sie mal mit ans Fenster."
Nelli nippte an ihrem Sherry in dem winzigen Glas und stellte es behutsam auf den Untersetzer aus Porzellan. Dann folgte sie mit Rötter der alten Dame ans Fenster.
"Ich wollte das Fenster öffnen, so, ich mache es Ihnen mal vor." Sie schob die schwere Gardine zur Seite und machte das Fenster auf.
"Ich sah ganz automatisch hinunter. Da ging diese junge Frau über die Straße, das heißt, sie war etwa in der Mitte des Fahrdamms und plötzlich taucht vom Ende der Straße, von ziemlich weit da hinten, sehen Sie, dieses Auto auf und rast genau auf sie zu, sie drehte sich um

und versuchte zurückzulaufen, aber da machte der Wagen einen kleinen Bogen nach rechts, um sie....ja, um sie zu erwischen, es....es ging so schnell, die Arme, sie lag schon da, sie hatte überhaupt keine Chance, er raste einfach weiter und ich......ich weiß nicht mehr, ob ich geschrieen habe oder nicht, mir war richtig schlecht geworden, ich hab dann gleich die Feuerwehr angerufen und wollte bei meinen Nachbarn klingeln, dass wir gemeinsam hinunter gehen, mein Herz, wissen Sie, das ist nicht mehr so gut, aber da fiel mir ein, Müllers sind ja auf Arbeit und da bin ich eine Treppe tiefer gegangen und habe bei dem jungen Mann geklingelt, er ist Student und ich dachte, vielleicht ist er da und das war er auch."

Sie war jetzt während des Erzählens ziemlich erschöpft geworden und setzte sich wieder in ihren Sessel. Besorgt bemerkte Nelli den bläulichen Schimmer auf ihren welken Lippen.

"Frau Sembach, kann ich Ihnen irgendetwas holen? Eine Medizin?"

"Danke, meine Liebe, auf meinem Nachttisch stehen Tropfen und ein Löffel liegt daneben und vielleicht auch das Nitrospray in der roten Flasche, ich habe vorhin schon etwas genommen, aber jetzt sehe ich wieder alles vor mir und da reicht einmal sprayen wohl nicht aus."

Sie atmete etwas keuchend, als Nelli aus dem Schlafzimmer mit den Medikamenten wiederkam.

"Sehr liebenswürdig, vielen Dank, meine Liebe."

Rötter stand immer noch am Fenster und starrte hinunter auf den weißen Kreideumriss, der auf der Straße noch zu erkennen war. Er drehte sich um und wollte etwas fragen, aber Nelli machte ihm ein Zeichen, er solle ihr noch Zeit lassen.

Langsam beruhigte sie sich und sprach von selber weiter: "Wir sind dann zusammen auf die Straße gegangen, der Student und ich, ich glaube, er heißt Andi, Andi Laube, aber da kam auch schon die Feuerwehr und die Polizei, es war wohl doch mehr Zeit vergangen, als ich dachte. Ja, jetzt fällt es mir ein, entschuldigen Sie bitte, nach dem Notruf musste ich mein Nitrospray nehmen, Angina Pectoris, wissen Sie, ich musste erst wieder zu Atem kommen. Ich dachte, ich müsse ihr doch helfen, aber mir war so, als fiele ich gleich um und ich habe auch keine Ahnung von Erster Hilfe, deswegen hab ich geklingelt und....", sie atmete nun wieder schneller. Nelli streichelte ihren Arm.

"Sie haben alles völlig richtig gemacht, Frau Sembach, Sie sind eine sehr wichtige Zeugin. Bitte, beruhigen Sie sich."

Dankbar schaute die alte Frau sie an: "Ich weiß, wie wichtig es für Sie ist, dass ich den Fahrer beschreibe, aber ich hab ihn ja nicht genau sehen können, es ging alles so schnell und das hier ist der zweite Stock, er hatte etwas Helles an und er hatte, glaube ich, auch helle Haare, es könnte aber auch eine Mütze gewesen sein, also ich konnte ihn nicht klar sehen, ich kann Ihnen nichts über sein Alter und dergleichen sagen, es tut mir so Leid. "

"War er allein im Wagen?," fragte Rötter

"Ja, er war allein, die anderen Sitze waren frei."

Sanft fragte Nelli: "Ich nehme nicht an, dass Sie die Autonummer erkennen konnten, Frau Sembach?"
"Oh, nein, meine Liebe, meine Augen sind nicht mehr so gut, es tut mir Leid!"
Langsam fingen die vielen Entschuldigungen an, Nelli auf die Nerven zu gehen. So reizend diese alte Dame auch war, mögliche Parallelen zu Personen ihres Heimatdorfes hatte sie nicht anzubieten und Nelli hegte den Verdacht, dass sie nicht mal strickte. Es war also jetzt ihr Fall und sie brannte darauf weiterzukommen. Nachdem sich Rötter noch Notizen zu den vagen Beschreibungen des Wagenmodells gemacht hatte, riet sie der alten Dame, sich hinzulegen und sie verabschiedeten sich.
"Rötter, Sie fragen im Haus und natürlich auch in den umliegenden Häusern nach, vielleicht hat noch jemand etwas gesehen, Sie können Binke und Schmidt holen, die können Ihnen helfen.
Ist Sabine Brinkmann schon im gerichtsmedizinischen Institut oder noch im Marienkrankenhaus? Ich muss sie mir ansehen. Na, lassen Sie, ich kann selber anrufen."
Nelli angelte in ihrer großen Umhängetasche nach dem Handy. Sie spürte genau Rötters Ärger, dass sie ihn nicht dabei haben wollte und wusste, sie musste ihn beschwichtigen.
"Die Suche nach weiteren Zeugen ist wichtig, ein kompetenter Mann muss hier sein und Wichtiges erkennen können, ich weiß, auf Sie kann ich mich voll verlassen. Bis nachher, ich rufe Sie an."
Mit dem Handy am Ohr stieg sie ins Auto.

Ihre Abneigung gegen die Gerichtsmedizin hatte Nelli in ihren doch immerhin schon 12 Berufsjahren nicht überwinden können. Zur Kompensierung ihres Grauens, das sie sich um keinen Preis anmerken lassen wollte, schob sie immer einen Kaugummi in den Mund, wenn sie die weißgeflieste Leichenhalle betrat. Der spezifische Geruch, der ihr entgegenschlug, verursachte ihr sofort Übelkeit und sie knatschte betont locker und lässig auf ihrem Pfefferminzgummi herum.

Der diensthabende Gerichtsmediziner war Paul Kruppmann, der sehnsüchtig auf seine Pensionierung wartete und der Meinung war, dass Frauen generell nichts bei der Polizei verloren hatten. Er behandelte Nelli gönnerhaft von oben herab und ließ sich über ihre aufgesetzte Souveränität nicht täuschen.

Auch das noch, dachte sie, jetzt wird er wieder versuchen, mir möglichst ausführlich den Mageninhalt der Toten zu beschreiben oder ein Divertikel ihres Darms unter die Nase zu halten. An diesem Mann ist ein Sadist verloren gegangen. Warum kann heute nicht der große Blonde mit dem netten Lächeln Dienst haben? Sie zog vorsichtig die Luft ein: "Sabine Brinkmann, können Sie mir schon etwas sagen, Doktor?"

Er schien sich heute nicht wohl zu fühlen, denn das sonst auf seinem Gesicht festgewachsene sarkastische Grinsen war einer müden, etwas gequält wirkenden Müdigkeit gewichen.

"Ach, das Verkehrsopfer, ich hab erst einen kurzen Blick auf sie werfen können."

In dem großen Raum waren etwa ein Dutzend chromglänzende Metalltische verteilt, fest im Boden verankert mit jeweils einem Ablauf vorn und hinten. Fünf dieser Tische waren belegt, merkwürdig flach wirkten die Toten unter den grau-weißen Laken. Zielstrebig ging er auf einen Tisch zu und zog das Tuch herunter. Nelli musste sich wie immer zwingen hinzusehen, dabei konzentrierte sie sich auf das unverletzte Gesicht und versuchte, den zerschundenen Körper auszusparen.

Die Augen waren geschlossen, also konnte sie ihre Farbe nicht ausmachen, hohe Wangenknochen rahmten eine klassisch geschnittene Nase ein, aus dem leicht geöffneten Mund war seitlich ein dünnes Blutrinnsal geflossen und an Wange und Kinn geronnen.

Sie versuchte am Oberkörper, der zerquetscht war und aus dem ein seltsam bleicher Knochen ragte, schnell vorbei zu schauen und hob die linke Hand, die in einer transparenten Plastiktüte steckte, hoch. Ein schmaler Reif mit einem Diamanten steckte am Ringfinger, wohl der Verlobungsring.

"Vor morgen Vormittag kriegen Sie nicht den Obduktionsbefund, ich kann schließlich nicht hexen," brummte Kruppmann, "wahrscheinlich wurde die Lunge zerquetscht, noch einige Blutungen im Abdomen, denke mir, dass ein großes Auto mit breiten Reifen über sie gefahren ist, sie wurde von hinten erwischt, fiel beim Aufprall der Vorderräder auf den Bauch und rollte durch

den Schwung auf den Rücken, Moment, keine Euphorie, das ist ein erster Eindruck, wie gesagt, ich kann noch nichts Genaues sagen. Warten Sie`s ab."
Nelli war verwundert. Unter Verzicht der üblichen kleinen Quälereien versuchte er, sie schnell loszuwerden. War er krank oder was war mit ihm los?
Eine Kleinigkeit konnte er sich nun doch nicht verkneifen: "Sie können natürlich gerne dabei sein, wenn ich sie drannehme, das wissen Sie ja, nicht?"
"Und wie immer verzichte ich dankend, ich habe sie gesehen und studiere dann Ihren Bericht. Danke, Doktor."

Draußen spuckte Nelli schlechten Gewissens den Kaugummi auf die Straße, der schale Geschmack in ihrem Mund ekelte sie an und am liebsten hätte sie sich den Mund ausgespült. Das Mittagessen konnte sie nun ausfallen lassen, ihr war jeglicher Appetit vergangen. Eigentlich eine gute Gelegenheit eine Diät zu beginnen, dachte sie. Das hob wieder etwas ihre Stimmung und im Bewusstsein dieses guten Vorsatzes straffte sie sich und fühlte sich gleich schlanker. Eine Tasse Kaffee würde ihr jetzt gut tun, aber in dieser Gegend war weit und breit nichts, wo sie hingehen konnte. Sie setzte sich ins Auto und schaute in ihren Notizblock; sie musste den Vater von Sabine Brinkmann aufsuchen und den Verlobten, einen gewissen Markus Scholl, auch er war Arzt und arbeitete ebenfalls im Marienkrankenhaus. Aber vorher wollte sie noch fragen, was die Spurensicherung am Unfallort ergeben hatte. Sie kramte ihr Handy hervor.

Aufmerksam hörte sie der ruhigen Stimme der Beamtin zu; sie kannte sie gut und schätzte ihre Arbeit. Sie war kompetent und schnell, quatschte kein überflüssiges Zeug, gab nur die Fakten an. In der Gartenstraße gab es eine kleine Baustelle auf dem Bürgersteig und es war eine ganze Menge Sand auf die Fahrbahn geraten. Es gab keine Bremsspuren, der Reifentyp war nach den Profilspuren ermittelt worden und stellte ein gängiges Modell für einen BMW oder Mercedes dar, was auch mit der Tiefe der Eindrücke übereinstimmen würde, die Geschwindigkeit musste ungefähr 80 -100 km/h betragen haben. Ein Mercedes der E-Klasse konnte zum Beispiel in 8 Sekunden von Null auf Hundert beschleunigen. Die Reifenspuren ergaben, dass der Wagen eine gerade Strecke fuhr und am Unfallort einen kurzen, scharfen Bogen beschrieb. Das bestätigte die Angaben der Zeugin und sie hatten es hier mit höchster Wahrscheinlichkeit nicht mit einem Unfall mit Fahrerflucht sondern mit Totschlag oder Mord zu tun, falls der Fahrer nicht ein Verrückter oder total betrunken war. Der von Frau Sembach beobachtete Schlenker direkt auf das Opfer sprach jedoch dagegen.

Nelli sah auf ihre Armbanduhr, Rötter konnte eigentlich noch nicht fertig sein mit seinen Befragungen in der Nachbarschaft des Tatorts, also konnte sie allein mit den Angehörigen sprechen. Trotzdem musste sie ihm wohl oder übel Bescheid geben, was sie soeben erfahren hatte und wohin sie jetzt fahren wollte. Seufzend wählte sie sein Handy an.

"Wenn ich mich beeile, kann ich hier in einer Stunde fertig sein," sagte er eifrig, "dann kann ich mit zu dem Verlobten kommen, ich nehme doch an, dass Sie zuerst den Vater aufsuchen, nicht wahr?"
"Ja, ganz recht, aber Sie müssen sich wirklich nicht beeilen, rufen Sie durch, wenn Sie fertig sind,
okay?" Resigniert steckte sie ihr Handy in die große Umhängetasche und machte sich auf den Weg.

Ernst Brinkmann war ein hochgewachsener hagerer Mann Anfang oder Mitte sechzig. Er trug einen langen, altmodischen weißen Kittel und weiße Schuhe. Sein Kopf war fast kahl, nur noch von einem Kranz grauer Haare bedeckt, seine Augen waren scharf und blickten Nelli durchdringend an.
Er strahlte eine Kompetenz und Souveränität aus, die sie an ihren alten Hausarzt erinnerte, der vor einigen Jahren gestorben war; seither hatte sie noch keinen neuen gefunden, dem sie dieses Vertrauen entgegenbringen konnte. Er kannte sie schon, als sie noch ein Baby war und schien nach wenigen Blicken zu wissen, was ihr fehlte, ohne dass sie große Erklärungen abzugeben brauchte, auch hörte er zu und fragte nicht immer wieder das Gleiche wie die anderen Ärzte, bei denen sie merkte, wie ihre Worte ins Leere gingen. Nach einem Blick in ihre Karteikarte schien ihm der letzte Besuch wieder gegenwärtig zu sein und er knüpfte am richtigen Punkt wieder an. Manchmal entschuldigte er sich und verschwand nach nebenan, um nach einem Augenblick

wieder aufzutauchen, frisch und gestärkt, wie es schien. Das Gerücht ging um, dass er Morphinist gewesen sei, bestätigt hatte es sich nie; mittags sah man ihn in seinem weißen Mercedes Hausbesuche machen. Seine Frau hatte sich nach zwanzig Ehejahren das Leben genommen. Sie war eine schwarzhaarige, üppige Schönheit gewesen, südländische Glut und Lebenslust ausstrahlend, man fand sie eine Woche nach ihrem Verschwinden im Grunewald, schon von Wildschweinen angefressen, eine leere Weißweinflasche neben sich. Sie hatte jede Menge Schlaftabletten geschluckt. Er wirkte seitdem noch hagerer und vergeistigter und wenige Jahre nach ihrem Tod war er an einem Herzinfarkt gestorben.
"Was führt Sie denn zu mir, hab ich einen Patienten umgebracht"?
Dr. Brinkmanns Stimme brachte Nelli wieder in die Gegenwart zurück. Sie räusperte sich und brachte ihm so schonend wie möglich bei, was geschehen war. Wie alle Kollegen hasste sie es, Überbringerin dieser Tragödien zu sein und hatte sich einen dicken Schutzpanzer gegen Gefühle angelegt, allerdings hatte ihr Taktgefühl darunter nicht gelitten.
Brinkmann wurde grau im Gesicht und schrumpfte auf seinem Stuhl hinter dem Schreibtisch zusammen; er alterte im Zeitraffer.
Nelli bekam es mit der Angst und rief nach der Arzthelferin, einer älteren, resolut wirkenden Frau, die sofort angestürzt kam. Beide stützten sie ihn und halfen ihm auf die schmale, mit weißem Papier bedeckte

Untersuchungsliege. Er schaffte es kaum, seine Beine zu bewegen, so sehr zitterten sie.
"Was ist um Gottes willen passiert", fragte die Helferin, während sie geschäftig seine Beine hoch lagerte und nach dem Blutdruckgerät langte.
Nelli sagte es ihr.
"Nein, das......das kann doch nicht sein, Sabine war kurz davor zu heiraten, sie wollte die Praxis hier übernehmen und......"
"Sie kannten sie gut?"
"Ich bin seit zwanzig Jahren hier angestellt, als die Frau vom Doktor gestorben ist, da war Sabine erst fünfzehn."
Sie tropfte eine helle Flüssigkeit aus einer kleinen braunen Flasche in einen niedrigen Plastikmedizinbecher, schüttete etwas Wasser dazu und setzte es Brinkmann an die blassen Lippen. Er trank es und schloss einen Augenblick die Augen.
Nelli schaute nachdenklich auf ihn herunter. Es gab eine Parallele zu ihrem eigenen Leben. Auch sie hatte mit fünfzehn Jahren ihre Mutter verloren, die nach kurzer Krankheit den Kampf gegen den Dickdarmkrebs aufgegeben hatte und fast erleichtert den etwas verlotterten Haushalt der viel kompetenteren Tochter überlassen hatte. Sie war als Sekretärin in einer Baufirma halbtags tätig gewesen und die Hausarbeit und alles, was damit zusammenhing, war ihr sehr lästig gewesen. Sie war fröhlich und lebenslustig und hatte in einem Laienchor gesungen. Als kleines Mädchen hatte Nelli

viele Lieder von ihr gelernt und sie hatten zusammen gesungen und Flöte gespielt.

Nach ihrem Tod zog eine Dunkelheit in die großen Räume der Altbauwohnung ein, setzte sich fest und ließ sich nicht mehr vertreiben. Ihr Vater hatte in verzweifelter Hilflosigkeit dem Sterben seiner Frau zugesehen und zog sich in brütendes Schweigen zurück. Wenn Nelli ihm das Essen vorsetzte, das er kaum anrührte, sah er sie überrascht an, betroffen in dem Bewusstsein, eine Tochter zu haben. Sie aber wagte nicht in seine Augen zu sehen, weil der Schmerz darin sie immer wieder zum Weinen trieb. In dieser Zeit des Kummers magerte sie sichtlich ab und sie verbrachte soviel Zeit wie möglich außer Haus. Sie lief stundenlang durch die Straßen, ging so oft wie möglich ins Kino; sie konnte das Familienleben bei den Freundinnen nicht ertragen, die Fürsorglichkeit deren Mütter quälte sie und ließ sie unwirsch und ungerecht reagieren.

Es graute ihr davor, nach Hause zu kommen, der schweigenden Gestalt des Vaters zu begegnen, der sie kaum wahrnahm.

Da fand sie eines Tages eine Flasche Cognac im Schlafzimmerschrank der Eltern und sie setzte sich damit in die Küche und goss sich Glas um Glas ein und trank es aus. Erst brannte es in ihrem Magen, aber nach und nach zog eine wohlige Mattigkeit durch ihren Körper und eine freundliche Gleichgültigkeit betäubte den Schmerz.

Sie sah verschwommen den Vater, der sie volltrunken vorfand, der Alkoholvergiftung nahe und mit der zu zwei Dritteln geleerten Flasche neben sich. Entsetzt und erschüttert von der Erkenntnis, nicht der einzige zu sein, der litt und geplagt von schweren Schuldgefühlen nahm er sie wie ein kleines Kind auf seine Arme und brachte sie ins Bett, holte einen Eimer und wischte ihr nach dem heftigen Erbrechen mit einem feuchten Waschlappen behutsam das Gesicht ab.
Danach änderte sich sein Verhalten.
Seine verschüttete Zuneigung, die nach dem Tod seiner Frau ins Leere gegangen war und verzweifelt dem Vergangenen nachhing, projizierte er jetzt auf die Tochter. Wenn sie zusammen beim Essen saßen, das er nun ausgiebig lobte, wollte er alles über ihren Tag wissen, was war in der Schule vorgefallen, was mochte sie am liebsten von allen Unterrichtsfächern, was stellte sie mit den Freunden in der Freizeit an?
Sie sah wohl, dass er sich fast schmerzhaft zum konzentrierten Zuhören zwang, als sie - anfangs stockend -, dann zusehends unbefangener von den vielen in den Augen Erwachsener banalen Kleinigkeiten und vielleicht auch Albernheiten aus ihrer Welt erzählte. Mit der Zeit merkte sie aber, dass er anfing, ihren Erlebnissen echtes Interesse entgegenzubringen und zuweilen spielte ein amüsiertes Lächeln um seinen Mund, welches seine nach unten hängenden Winkel in die Höhe hob.
Das alles lag jetzt über zwanzig Jahre zurück, sie hatten zu einem innigen Verhältnis gefunden und gingen, wenn

Nelli es dienstlich vereinbaren konnte, an jedem Wochenende zusammen essen.

Seit er von einer ungeliebten aber mit äußerster Pflichterfüllung ausgeübten Arbeit als Verwaltungsbeamter auf einem Bezirksamt für den Ruhestand erlöst worden war, widmete er sich mit Hingabe seinem in den Ehejahren vernachlässigten Hobby, dem Modellbau von Segelschiffen.

Überall in den Zimmern standen die Prachtstücke zur Bewunderung der seltenen Besucher und das war auch ein Grund für ihn, nicht aus der großen Wohnung auszuziehen.

Nelli hatte den ungeselligen Vater überreden können, einem Verein oder vielmehr Club für Schiffsmodellbau beizutreten, was sie viel Zeit und Geduld gekostet hatte, aber was sie hartnäckig weiter versucht hatte, um ihn nicht völlig vereinsamen zu lassen, als sie endlich in eine eigene Wohnung umzog. Sie wollte auch etwas ihr Gewissen erleichtern, als sie sich entschied, sich mehr ihrem eigenen Leben zu widmen, das heißt, eigentlich eine Familie zu gründen. Auf der fortwährenden Suche nach dem richtigen Partner störte sie das Bild von der Gestalt ihres traurigen, grauen Vaters, wie er verloren durch die große leere Wohnung schlurfte. Das hatte sie immer in einem Winkel ihres Kopfes und es belastete sie nicht wenig. In unverbrüchlicher Liebe zu seiner toten Frau verhaftet, interessierte ihn keine andere Frau mehr, jedenfalls nicht als weibliches Wesen und so war Nelli froh, dass er nach einer langen Eingewöhnungszeit so etwas wie Freundschaft zu einigen Mitgliedern dieses Clubs eingegangen war und sie sich gegenseitig reihum besuchten. Es wurde so ähnlich wie ein Kaffeeklatsch unter Männern und sie hätte gern gewusst, worüber sich die Freunde- abgesehen von ihren Modellschiffen- unterhielten. Aber immer, wenn sie vorschlug, einmal mit einem selbstgebackenen Kuchen dabei zu sein, winkte er ab und meinte, die kostbare Zeit mit ihr sei ihm zu schade, um sie mit den anderen zu teilen.

Die heisere Stimme von Ernst Brinkmann hatte einen brüchigen Klang: "Wie konnte das nur passieren"?
Sehr vorsichtig erklärte ihm Nelli, dass der Verdacht eines Fremdverschuldens vorläge.
"Damit meinen Sie- also das heißt, jemand hätte meine Tochter absichtlich überfahren? Aber das ist Irrsinn! Das muss ein Wahnsinniger sein, der wahllos Menschen tötet, meinen Sie so etwas?"
Er hatte sich halb aufgerichtet, wurde jedoch von einem heftigen Schwindelanfall befallen und sank leise stöhnend zurück auf die harte Liege.
Nelli konnte ihn nicht schonen, so behutsam wie möglich sagte sie: "Dr. Brinkmann, leider gibt es so etwas sehr selten, meistens hat der Täter oder die Täterin oder auch mehrere Täter- wir wissen leider noch gar nichts Näheres- ein Motiv und ist in der unmittelbaren Umgebung des Opfers zu suchen."

"Aber wer sollte Sabine denn etwas Böses wollen, Sie meinen, ob sie Feinde hat.... hatte, nicht wahr? Nein! Sie hatte keine! Großer Gott! Das darf alles nicht wahr sein."
Er griff nach der Hand der Arzthelferin. "Ursula, Sie sind lange genug bei mir, Sie kennen Sabine schon als Schulmädchen, es ist doch unmöglich, dass sie Feinde hat, oder?"
Die Frau nahm fest die Hand des Arztes in ihre beiden: "Herr Doktor, Sabine ist bei allen beliebt, sie ist fröhlich und unkompliziert," sie stockte kurz, weil sie merkte, dass sie in der Gegenwart sprach, "ich verstehe es nicht, wer kann so etwas getan haben?"
Ernst Brinkmann richtete sich wieder auf und setzte sich auf den Rand der Liege. Ursula setzte sich neben ihn und legte beschützend eine ihrer kräftigen Arme um seine Schultern, dankbar lehnte er sich an sie.
"Weiß Markus es schon? Markus Scholl, Sabine und er wollten in Kürze heiraten."
Sie schaute rasch in ihre Notizen.
"Er ist auch Arzt im Marienkrankenhaus, nicht wahr? Ja, er weiß es, sie ist zuerst dorthin gebracht worden, es ist ja auf dem Weg zur Arbeit passiert, aber ich habe ihn noch nicht gesprochen."
Nelli fuhr herum, denn die Tür zum Sprechzimmer wurde plötzlich aufgerissen. Ein großer, junger Mann eilte mit langen Schritten auf sie zu, blieb dann abrupt stehen.
"Mein Gott, du weißt es schon," sprach er Brinkmann an.
"Ja, Markus, wir haben gerade von dir gesprochen."

Selbst in diesem Augenblick vergaß er nicht seine Manieren, seine gute Erziehung. "Das ist Dr. Scholl, der Verlobte meiner Tochter," wandte er sich an Nelli, " das ist Frau......"

"Franke, ich bin von der Kriminalpolizei," half ihm Nelli und starrte Markus Scholl bewundernd an, denn der Mann, der sie nun direkt mit seinen tiefblauen Augen ansah, entsprach so genau ihrem äußeren Idealbild von einem schönen Mann, dass sie fühlte, wie sie rot wurde.

Er war sehr groß, an die einsneunzig vielleicht, hatte einen schlanken, athletischen Körperbau, der sich ahnungsvoll abzeichnete unter seinem einfachen weißen aber teuer aussehenden T-Shirt und der hellen Leinenhose. Das hellblonde wellige Haar trug er kurz geschnitten und wenn der Schnitt auch nicht erstklassig war, so passte er doch zu seinem Gesicht mit den regelmäßigen Zügen. Er erinnerte Nelli an Robert Redford in dem Film *Der Clou*.

Er wiederholte ungeduldig seine Frage: "Wissen Sie schon, wer Sabine überfahren und feige die Flucht ergriffen hat?"

Nelli merkte beschämt, dass sie ihn zu lange angesehen und geschwiegen hatte.

Reiß dich zusammen, du blöde Gans, dachte sie, so einer schaut dich sowieso kein zweites Mal an, außerdem hat er gerade die Frau verloren, die er sicherlich wahnsinnig geliebt hat. Oder? Unwillkürlich drängte sich ihr berufliches Misstrauen vor ihre weiblichen Instinkte und Begierden.

"Herr Scholl, verzeihen Sie, Herr Doktor Scholl," er winkte ungeduldig ab, "es gibt eine Augenzeugin, die gesehen hat, wie Ihre Verlobte ...äh...absichtlich überfahren wurde."
Sie beobachtete genau seine Reaktion. Er fuhr sich mit den Händen an den Kopf, legte die Handflächen links und rechts an seine Schläfen.
"Nein, Sie meinen....., das ist unmöglich, das kann nicht sein!"
Er setzte sich auf den Stuhl hinter dem Schreibtisch.
Die Arzthelferin sagte leise zu Brinkmann, dass sie die Patienten nach Hause schicken wolle und verließ das Zimmer.
"Niemand würde Sabine umbringen wollen," sagte Markus Scholl mit heiserer Stimme.
"Eine Augenzeugin, sagen Sie? Ist sie glaubwürdig? Wer ist es denn?"
"Sie verstehen sicher, dass ich die Zeugin nicht nennen darf, aber ich glaube ihr, ja."
Nelli erhob sich und wandte sich an beide Männer: "Wenn Sie in der Lage dazu sind, würden Sie mir dann eine Liste machen mit allen Familienangehörigen, Freunden, Kollegen von Frau Brinkmann, alle, die Ihnen einfallen, die mit ihr zu tun hatten? Meine Mitarbeiter und ich müssen mit allen sprechen und so eine Liste erleichtert unsere Arbeit ungemein."
Außerdem sagt es so einiges aus, wer weggelassen wird oder ganz oben steht, dachte sie.

An den Wänden auf dem Flur hingen verblichene Fotos von berühmten Ärzten. Sie erkannte Sauerbruch und Virchow. Die Tür zum Wartezimmer stand offen. Es war leer, die Patienten waren gegangen.

Das Marienkrankenhaus hatte einen konfessionellen Träger und die Pflegedienstleitung lag noch nach althergekommener Art in den Händen einer Nonne in steifer schwarzer Tracht und mit einer gewaltigen Haube auf dem Kopf, die auch nicht das geringste Härchen hervorlugen ließ. Nelli fühlte sich amüsiert mittels einer Zeitmaschine in die Fünfziger- oder Sechzigerjahre versetzt.
Die Oberin schaute Nelli mit strengen Augen ins Gesicht ohne zu lächeln, nachdem sie gründlich ihren Ausweis studiert hatte. Nelli empfand einen kindlichen Schrecken, gleich darauf kam ihr aber der Gedanke, dass diese furchteinflößende Frau bald in ihren sicherlich wohlverdienten Ruhestand ginge und die neue Pflegeleitung womöglich schlimmer wäre, wenn sie, wie heute so oft, professionelle aber eiskalte Gleichgültigkeit zur Schau trüge.
"Setzen Sie sich bitte, Frau Franke. Darf ich Ihnen etwas bringen lassen? Tee oder Kaffee?"
Nelli, noch immer etwas eingeschüchtert, lehnte dankend ab. Sie war froh, auf die Idee gekommen zu sein, die Oberin um Erlaubnis zu bitten die Schwestern zu befragen, die auf der Hals-Nasen-Ohren-Station arbeiteten.

Natürlich wäre das nicht nötig gewesen, aber nun, da sie diese beeindruckende Frau gesehen hatte, war sie erleichtert sie sich nicht zum Feind gemacht zu haben.

"Dieser Vorfall tut mir selbstverständlich sehr Leid", dröhnte die Stimme der Nonne ohne eine Spur von Mitleid, "aber ich sehe natürlich ein, dass Sie Ihre Arbeit machen müssen, wenn die Polizei den Verdacht hat, dass es sich um keinen Unfall handelt. Ich werde die Stationsschwester informieren, dass sie Ihnen die Schwestern einzeln in den Aufenthaltsraum schickt, damit die Arbeit auf der Station nicht beeinträchtigt wird. Unser Personalschlüssel hat sich dramatisch verringert und die Versorgung der Patienten steht an erster Stelle, das werden Sie sicher verstehen."

"Frau Oberin", wagte Nelli zaghaft eine Frage einzuwerfen, "haben Sie Dr. Brinkmann gut gekannt? Was für ein Mensch war sie? Ihre Beurteilung dürfte objektiver sein als die der Menschen, die ihr nahe standen", fügte sie schmeichlerisch hinzu und bemerkte auch prompt einen selbstzufriedenen Ausdruck im Gesicht der strengen Frau.

"Meine beruflichen Aufgaben liegen- unter anderem- im Bereich der Krankenpflege, das heißt, hauptsächlich in der Organisation derselben, ich habe mit den Ärzten eigentlich nur zu tun, wenn das Pflegepersonal, nun....ähm..., also wenn es mal zu, was selten vorkommt", die letzten Worte sprach sie mit äußerstem Nachdruck, " wenn es zu Auseinandersetzungen kommt, die von den Betroffenen selbst oder von der

Abteilungsschwester nicht beigelegt werden können und sie sich dann an eine höhere Instanz – also an mich – wenden müssen. Um Ihre Frage zu beantworten, ich habe Frau Dr. Brinkmann nicht besser gekannt als die anderen Ärzte hier im Haus, aber ich hielt sie für fähig und kompetent. Sie hatte gerade ihren Facharzt gemacht und wollte, soviel ich weiß, die Praxis ihres Vaters übernehmen."

"Und sie stand kurz vor der Heirat mit Markus Scholl, der hier auf der internistischen Station arbeitet", fügte Nelli sanft hinzu.

"Über die Privatangelegenheiten der Ärzte kann ich Ihnen nicht viel sagen, aber ich habe davon gehört, ja." Die Oberin reckte ihr breites Kinn etwas in die Höhe.

"Wenn ich Ihnen nicht weiter behilflich sein kann, werde ich jetzt die Station anrufen", sie griff nach dem Telefonhörer, die Audienz war beendet.

Nelli erhob sich hastig, bedankte sich überschwänglich und wandte sich an der Tür noch einmal um:

"Frau Oberin, darf ich Sie noch etwas fragen?"

"Selbstverständlich", zischte es zwischen den schmalen Lippen hervor.

"Wie viele Krankenschwestern treten noch in Ihren Orden ein? Entschuldigen Sie, es interessiert mich einfach."

Die Oberin seufzte, Nelli hatte schon Angst, etwas Falsches gefragt zu haben und sich nun doch den Zorn der gestrengen Gebieterin über die Pflegekräfte zugezogen zu haben, aber da sagte die Nonne erstaunlich milde: "Es werden leider immer weniger, fünf Mädchen waren es im letzten Jahr, vor zehn Jahren waren es noch zwanzig jährlich. Wissen Sie, Menschen, die ihr Leben dem Glauben weihen und ihre Arbeitskraft in den Dienst der leidenden Menschheit stellen wollen, gibt es immer weniger. Die jungen Frauen von heute haben ganz andere Ansprüche und Ansichten", ein kritischer Blick umfasste Nelli in ihrer Lederjacke und Jeans, "der Pflegeberuf an sich ist einfach nicht attraktiv genug, die schlechte, unangemessene Bezahlung, der Schichtdienst und auch unser Haus hat momentan einen Einstellungsstop, nicht nur der öffentliche Dienst, aber das muss ich Ihnen ja nicht erzählen, das wissen Sie ja selbst. Und ich spreche jetzt nur von den freien Krankenschwestern, wer in unseren Orden eintreten möchte, muss schon festes Vertrauen zu Gott haben und ganz besondere Ideale besitzen, das können Sie mir glauben. Nicht, dass es bei mir nicht auch Zeiten des Zweifels gegeben hätte, vor zwölf Jahren etwa..."

Erleichtert registrierte Nelli das Klopfen an der Tür und war dankbar für die Unterbrechung, denn mit leisem Schaudern hatte sie gemerkt, dass die Oberin geschwätzig wurde. Hastig verabschiedete sie sich und tauschte ihren Platz mit einer dünnen Krankenschwester im hellblauen Kleid, die mit dem aufgeregten Satz: "Frau Oberin, ich muss Sie dringend sprechen...." hereingestürzt kam.

Die Befragung des Pflegepersonals ergab nichts wirklich Neues, wenn man einmal davon absah, dass Nelli den

Eindruck gewann, Sabine Brinkmann war nicht allzu beliebt bei ihnen. Nelli sprach mit fünf Krankenschwestern, zwei Pflegern, vier Hilfspflegekräften und einem jungen Mann mit dem Gesicht eines Oberschülers, der hier ein *soziales Jahr* ableistete und der ständig von den anderen gerufen wurde und nicht wusste, wohin er zuerst springen sollte, bis Nelli ihre Autorität geltend machte und nachhaltig um fünf Minuten ungestörten Redens bat. Alle äußerten sich eher zurückhaltend, betroffen über den gewaltsamen Tod eines Menschen, aber bei keinem hatte sie den Eindruck einer tieferen Gefühlsregung.

"Sie war etwas, na, wie soll ich sagen......das hört sich jetzt herzlos an, wo ihr das passiert ist und so...," Schwester Ruth sah Nelli hilflos an. Sie hatte ein rundes Gesicht mit großen braunen Augen und die Knöpfe ihres blauen Kittelkleides spannten über ihrer Brust.

Nelli lächelte ihr aufmunternd zu : "Wissen Sie, ich muss mir ein Bild über die Person von Dr. Brinkmann machen und es würde mir sehr helfen, wenn Sie frei und offen Ihre Meinung sagen."

"Also, um es kurz zu machen, ich fand sie etwas hochnäsig, sie ließ einen ständig merken, dass sie nicht auf der gleichen Stufe stand, dass sie, na ja, etwas Besseres war. Sie war durchaus freundlich aber immer betont distanziert, wenn Sie verstehen, was ich meine."

"Ja, ich verstehe," Nelli strich mit dem Zeigefinger mehrmals über ihren Nasenrücken.

"Danke, Schwester Ruth, kann ich jetzt den anderen Stationsarzt sprechen?"
"Ich schicke ihn rein."
Es herrschte eine hektische Stimmung auf der Station, Betten wurden hin- und hergeschoben, jemand schob einen Wagen mit Getränken, großen dicken Bechern und Schnabeltassen über den Flur, riss, ohne anzuklopfen, die Türen zu den Patientenzimmern auf und schrie hinein: "Haben Sie Durst? Möchten Sie was zu trinken?"
Ein Pfleger schob einen Infusionsständer mit zwei umgedrehten Flaschen, in denen Plastikschläuche steckten mit der rechten Hand und auf der linken trug er ein Tablett mit Verbandszeug.
Und dazwischen lief der kleine Praktikant Lukas mit Bettpfannen hin und her, auch er trug ein Namensschild am Kittel.
Nelli schauderte, wenn sie daran dachte, dass auch sie einmal den Beruf der Krankenschwester in Erwägung gezogen hatte. Sie musste zwölf oder dreizehn gewesen sein damals, als eine Freundin ihrer Mutter sie in Arbeitstracht besuchte. Sie hätte "geteilten Dienst", wie sie sagte und es lohne sich nicht für sie, nach Hause zu fahren. Sie trug einen schicken weißen Hosenanzug und weiße Clogs an den Füßen, die Haare hatte sie hochgesteckt, Hauben wurden seit einiger Zeit nicht mehr getragen. Sie erzählte von Spritzen, Blutzuckerröhrchen, Magensonden, Kurvenführung und anderen interessanten Sachen und Nelli bewunderte sie maßlos. Eine ganze Weile war es ihr sehnlichster Wunsch,

genauso zu werden wie sie, bis eine Tierarztserie im Fernsehen diesen Wunsch ablöste und sie sich fest vornahm, Tierärztin zu werden, was sich mit Beendigung der Serie wieder verflüchtigte.

Dr. Schultz eilte mit langen Schritten auf sie zu, schüttelte ihre Hand mit kräftigem Druck und fing sofort zu sprechen an: "Eine furchtbare Sache, was? Arme Sabine, ich kann`s immer noch nicht fassen. Sie war eine tolle Frau, prima Kollegin, wir haben gut zusammengearbeitet. Haben Sie schon das Schwein, das sie überfahren hat?"

Nelli unterbrach diesen Redeschwall geschickt an dieser Stelle und schob ein: " Wir gehen davon aus, dass Sabine Brinkmann absichtlich überfahren wurde. Abgesehen von Ihrer Arbeit hier, haben Sie sie auch privat gekannt?"

"Sie meinen, sie wurde .....ermordet? Das kann doch nicht sein!"

Er geriet etwas ins Taumeln und setzte sich rasch auf einen Stuhl.

"Armer Markus! Weiß er es schon? Natürlich, Sie werden mit ihm längst gesprochen haben.

Ja, ich kannte sie auch außerhalb der Arbeit. War selber mal scharf auf sie, wir sind ein paar Mal ausgegangen, sie war auch durchaus nicht abgeneigt und dann hat sie Markus gesehen. Ja, da war es um sie geschehen. Ich war abgemeldet und sie ließ nicht locker, bis sie ihn sich geangelt hatte. Wissen Sie, Markus hat diese fatale Ausstrahlung auf Frauen, die himmeln ihn alle an, laufen ihm nach, beneidenswerter Bursche. Also, ich meine, tut mir Leid. Ich bin ein Idiot. Entschuldigung!"

Er lächelte ihr treuherzig zu. Nelli fand die Mischung aus etwas altmodischer Burschikosität und flapsiger Lässigkeit leicht irritierend. Er war jedoch nicht unsympathisch, deshalb gab auch sie bei ihrer nächsten Frage ein Lächeln dazu und ließ ihre Stimme milde klingen: "Waren Sie wütend auf Ihre Kollegin, als sie sich Dr. Scholl zuwandte?"
Er lachte laut und herzhaft. "Also der verschmähte Liebhaber, der vor Eifersucht rast und das Objekt seiner Begierde lieber umbringt als es einem Anderen zu überlassen? Das ist ja toll, wissen Sie! Lassen Sie das nicht meine Frau hören. Ja, ich bin seit einem Monat glücklich verheiratet und ich bin auch nicht gerade vor Gram gestorben, als Sabine Markus mir vorzog. Ich sagte mir, andere Mütter haben auch schöne Töchter, ha,ha."
Diese altväterische Sprachwendung erinnerte Nelli an ihre Vorstellung der steifen englischen Obersten aus den Agatha Christie-Romanen; sie hatten stets in Indien gedient, waren aufrecht und natürlich hochanständig und besaßen einen Hauch von biederer Anzüglichkeit. Der adrette, schmale Schnauzer über der Oberlippe des Arztes bestätigte diesen Eindruck noch.
"Brauchen Sie mein Alibi? Also, um welche Zeit geht es? Ich war seit viertel acht hier auf der Station, das können einige Leute bezeugen."
"Warum so früh", fragte sie alarmiert.
Er grinste ihr amüsiert zu. "Ein Patient, der gestern operiert wurde, hatte Blutungen bekommen und weil der AvD, der diensthabende Arzt", setzte er auf ihren

fragenden Blick hinzu, " heute Nacht irre viel zu tun hatte, rief er mich an, ob ich früher kommen könne. Zufrieden, Frau Kommissarin? Sind Sie eigentlich so was wie ....Rosa Roth oder Bella Block? Entschuldigung, natürlich sind Sie viel jünger." Sein Grinsen wurde immer breiter.

"Danke, Dr. Schultz, das wäre erst einmal alles", sagte Nelli steif und stand auf. Er ging ihr jetzt zunehmend auf die Nerven. Er hielt ihr die Tür auf . "Jederzeit wieder, Frau Kommissarin."

Während sie im Lift nach unten fuhr, überlegte sie, ob sie ihn vielleicht ärgern und für ein Protokoll offiziell aufs Revier bestellen sollte. Sie hätte noch mit dem Chefarzt der HNO-Abteilung sprechen sollen, aber das konnte auch Rötter oder der zuverlässige Baumann übernehmen. Sie hatte jetzt genug vom Krankenhaus und atmete tief durch, als sie auf der Straße stand. Aus ihrem Magen schrie der Hunger und ließ sich nicht mehr beruhigen. Sie sah auf die Uhr und stellte ärgerlich fest, dass die Kantine schon zu hatte. Der Vorsatz ihrer Diät fiel ihr ein, aber sie wusste, heute würde es damit nichts mehr werden. Sie befand sich in der Nähe vom Potsdamer Platz und sie mochte sehr die Einkaufsarcaden mit den vielen Geschäften und Ständen mit den verschiedensten Leckereien. Spontan beschloss sie hinzufahren und am chinesischen Imbiss einen Teller Gemüsenudeln zu essen. Ein paar Meter weiter gab es ein italienisches Eiscafe mit dem besten Eis von ganz Berlin und sie würde sich zwei Kugeln zum Nachtisch gönnen.

*

"Das ist Onkel Markus und das Tante Sabine und das bin ich, wie ich Blumen streue und daneben ist Felix. Eigentlich ist der zu groß zum Blumenstreuen, findest du nicht auch, aber Mami will unbedingt, dass er dabei ist und er soll einen Anzug tragen mit einer...ähm.. Mücke am Kragen aber ich ein rosa Kleid und das ist viel schöner und dann dürfen Felix und ich im Hochzeitsauto mitfahren, aber nur wir, sonst niemand, das Auto leiht Mama von Tante Mona, weil das am schönsten ist, und dann.."
"Lisa", unterbrach sie ihre Mutter sanft aber bestimmt "sei jetzt endlich still und lass Frau Franke in Ruhe. Nimm dein Bild und geh mit Felix ins kleine Zimmer. Ihr dürft den Fernseher anstellen und Kinderkanal sehen, wir haben hier etwas Wichtiges zu besprechen."
"Was denn, Mami, was wollt ihr besprechen, warum dürfen wir denn nicht dabei sein, was will die Frau denn hier?" Die porzellanblauen, leicht hervorstehenden Augen schauten Nelli neugierig ins Gesicht. Die pummelige kleine Hand hielt das Bild umklammert, das schon arg mitgenommen aussah und Schmutzspuren aufwies. Die Figuren darauf zeugten von Zeichentalent und das kleine Mädchen hatte sich selbst nicht geschont und ihre gedrungene und kräftige Gestalt mit dem nicht gerade niedlichen Gesicht gut getroffen. Dafür hatte sie sich mit einem schönen knallrosa ausgemaltem Kleid

belohnt und ihre Gestalt sehr groß im Vordergrund dargestellt. Hinter ihr stand verloren und klein der ältere Bruder, getreu der Wirklichkeit mit seinen feinen Gesichtszügen gezeichnet. Dahinter mit prächtigen Kleidern pompös ausgemalt das Hochzeitspaar vor einem großen Auto, das nur im Umriss gezeichnet war, auf der Motorhaube prangte ein Berg von pinkfarbenen, üppigen Phantasieblumen. Das Kleid der Braut war mit einem Deckweiß, in das ein Hauch von Grau gemischt war, sehr sorgfältig schattiert. Mit ihrem kleinen, dicken Zeigefinger wies Lisa auf das Kleid. „Das soll sahnekremeweiß sein, weißt du, also nicht schneeweiß, es war nicht so einfach, die Farbe hinzukriegen," meinte sie treuherzig.
"Das hast du aber wirklich gut gemalt", sagte Nelli und meinte es auch so.
Lisa freute sich. "Ich schenke dir das Bild, ich kann ja noch mehr malen, wenn ich welche brauche."
Ihre Mutter zog sie von Nelli weg. "Jetzt belästige Frau Franke nicht mehr. Was soll sie mit deinem Bild?"
Etwas überrascht versicherte Nelli: "Nein, ich freue mich über die Zeichnung. Sie ist wirklich gut, Lisa. Wie alt bist du eigentlich?"
"Ich bin fünf und Felix ist acht. Er geht in die zweite Klasse und er kann noch nicht richtig lesen, aber ich kann schon etwas lesen und meinen Namen schreiben und die Zahlen von eins bis zwanzig. Willst du mal sehen?"
"Vielleicht nachher, ja?", sagte Nelli. "Deine Mutter hat Recht, wir müssen wirklich über etwas sprechen, was

aber für dich und deinen Bruder langweilig sein wird," setzte sie hastig hinzu.

"Fernsehen macht jetzt sicher mehr Spaß, was ist denn deine Lieblingsserie?"

"Felix und Lisa sehen nur selten fern und dann nur ausgewählte Sendungen," mischte sich Lisas und Felix` Mutter ein. Sie nahm jetzt ihre Tochter energisch am Arm und schob sie zusammen mit ihrem Bruder aus dem Zimmer.

Nelli musste an ihre Freundin Lilli denken, die ihre Kinder, als sie noch so klein waren, kurz entschlossen vor den Fernseher setzte, wenn sie mal einige Minuten Ruhe haben wollte. Inzwischen waren alle drei voll in der Pubertät, hatten längst eigene Fernseher, Aufnahmegeräte und Laptops in ihren Zimmern, und sie hatten ihre heißgeliebten Favoriten unter den Serien oder Sitcoms, wie sie sagten.

Annette Brehm, Markus Scholls Schwester, trat wieder ins Zimmer und setzte sich aufs Sofa neben ihren Bruder. Erst jetzt fiel Nelli die Ähnlichkeit zwischen den Geschwistern auf. Beide hatten die gleichen, gutgeschnittenen Gesichtszüge, das gleiche naturblonde Haar, aber während Markus bestechend gut aussah, wirkte das Gesicht seiner Schwester merkwürdig leblos und ihre Schönheit blieb dem Betrachter weitgehend verborgen. Sie hat einen heimlichen Kummer, dachte Nelli, die zuweilen gerne aber uneingestanden romantische Liebesromane las, wischte diesen Eindruck jedoch beiseite, als sie sah, dass die Schwester sich besorgt und

zärtlich dem Bruder zuwandte, ihm mütterlich über den Kopf streichelte. Sie ist eine Frau, die ganz in ihrer Familie aufgeht, ihren Beruf wahrscheinlich voller Freude aufgegeben hat, um sich ganz den Ihren zu widmen, spann sie ihren Gedanken weiter, eine altmodische Frau eben, vielleicht sind wir uns beide da ähnlich.
"Möchten Sie einen Tee?", riss sie die Stimme von Markus` Mutter in die Gegenwart zurück. Nelli, die Tee verabscheute, fragte verlegen: "Äh, hätten Sie auch einen Kaffee?"
Maria Scholl schaute sie erschrocken an, auf die Frage war sie sichtlich nicht vorbereitet und sie nestelte nervös am Kragen ihrer Bluse herum.
Sie schaute Nelli rasch von der Seite ins Gesicht.
"Ja, also, ich muss einmal nachschauen, Irmgard, das ist unsere Haushaltshilfe, trinkt Kaffee, da müsste noch etwas da sein, ich werde mal......"
Sie hatte die Angewohnheit, ihre Sätze ins Leere laufen zu lassen. Ihre Stimme wurde dann immer leiser und sie pusselte an in ihrer Nähe liegenden Dingen herum. Vielleicht dachte sie, dass sie sowieso nichts Interessantes zu sagen hatte oder dass keiner Wert darauf legte, ihr zuzuhören.
Nelli, die eine angeborene gesunde Neugier an allen Menschen besaß, hatte sie eingehend betrachtet, bevor sie in der Küche verschwand und festgestellt, dass die Geschwister, die einträchtig auf dem Sofa nebeneinander saßen, ihr gutes Aussehen von der Mutter geerbt hatten.

Welche Umstände hatten diese Frau in mittleren Jahren so schnell altern lassen? Ihr Haar war grau und mit einer hausbackenen Dauerwelle verhunzt worden, ihr Gesicht eingefallen und müde, mit keiner Spur von Make-Up aufgefrischt. Die Schultern ließ sie hängen und sie schlich fast geräuschlos in ihren weichen Lederpumps umher. Auch das sehr einfach und bestimmt unwahrscheinlich teure Kostüm, das sie trug, kam durch ihre schlechte Haltung nicht recht zur Geltung.

Nur wenn sie ihren Sohn Markus ansah, hellte sich ihr Gesicht auf, die Züge strafften sich und man bemerkte überrascht die verblichene Schönheit darin.

Außerdem war in dem eleganten Wohnzimmer, dass hier Salon genannt wurde, noch Ernst Scholl, der heute Geburtstag hatte, anwesend.

Ernst Scholl war von gleicher Größe wie seine Frau und hatte eine kräftige untersetzte Figur. Er hatte eine rote Gesichtsfarbe, die entweder auf zu viel Alkoholgenuss oder auf einen erhöhten Blutdruck zurückzuführen war, und einen fast kahlen Schädel, der von einem schmalen Kranz weißer Haare verziert wurde. Er redete laut und viel, konnte nicht ruhig sitzen und tigerte im Zimmer umher. In der linken Hand hielt er ein großes Glas Cognac. "Maria", rief er zu seiner Frau in die Küche hinüber, "du hast allen abgesagt, ja?" Er drehte sich zu Nelli um: "Wir hatten natürlich Gäste eingeladen heute, mein Geburtstag, Sie verstehen, aber angesichts dieser Tragödie, dieses Verhängnisses", donnerte er in Markus` Richtung, " können wir selbstverständlich nicht feiern."

"Vater, bitte", sagte Annette gequält, "wenn es geht, nicht ganz so theatralisch."

"Nun, ist ein Mord vielleicht keine Tragödie, kein Drama? Ich frage dich, mein Kind. Diese schöne junge Frau mit allen Möglichkeiten einer glänzenden Karriere und den schönsten Aussichten auf Ehe-und Mutterglück hat das Schicksal von der Seite unseres Markus` gerissen. Wie soll ich das denn nennen?"

Er fuchtelte mit den Armen herum und verschüttete etwas Cognac, sicherlich war es nicht der erste heute. Eigentlich führte er kein Gespräch, sondern agierte auf einer Theaterbühne. Nelli fand ihn äußerst amüsant, konnte sich aber gut vorstellen, dass es unerträglich wurde, wenn man ihm jeden Tag ausgesetzt war.

"Es ist völlig unglaubwürdig, dass Sabine Feinde gehabt haben soll oder vielmehr einen, der sie so gehasst haben muss, dass er sie umgebracht hat, haben Sie schon Erkenntnisse oder einen Verdacht?"

"Ich hoffe, Sie können mir helfen, ich muss alles über Sabine Brinkmann wissen, ihre Vorlieben, ihre Hobbys, ihre Abneigungen, wie waren ihre Beziehungen zu Ihnen zum Beispiel, zu ihren Freunden......."

"Wie schon gesagt, meine zukünftige Schwiegertochter war eine sehr liebenswerte junge Frau, die, wie ich bisher annahm, mit allen Menschen gut auskam." Er beschrieb mit dem rechten Arm einen großen Bogen, der wohl allumfassend etwas andeuten sollte und setzte eine winzige Pause, ehe er mit seinem volltönenden Bariton weitersprach: "Nun, ich habe mich geirrt! Wir alle haben uns geirrt, nicht wahr." Er wandte sich zu seinen Kindern auf dem Sofa um, hüstelte kurz und drehte sich lächelnd zu Nelli um: "Sie sagen, es gibt einen Zeugen, ist er zuverlässig?"

"Ja", sagte sie knapp und verschlossen.

Maria Scholl kam mit einem kleinen Tablett zurück, auf dem ein silbernes Kännchen, ein winziges Sahnegefäß daneben und eine Zuckerdose, beides ebenfalls aus Silber, standen, auf einer perlmuttschimmernden Schale lagen einige Kekse, die knochentrocken aussahen.

"Ich hoffe, der Kaffee ist in Ordnung, ich hab Irmgard nach Haus geschickt, die Feier fällt ja nun aus und sie war auch verständlicherweise ganz durcheinander. Das uns das passieren muss, ich verstehe das nicht, die arme Sabine....." Sie fing an zu weinen und Annette sprang sofort auf und brachte sie zu einem Sessel. Ernst Scholl blieb gelassen.

"Was du brauchst, ist ein Cognac, Maria", sagte er, ging zu der riesigen, spiegelnden Bar der gigantischen Schrankwand aus Mahagoni hinüber und goss einen kräftigen Schluck aus einer Flasche Remy Martin in einen großen Cognacschwenker ein. Als er seiner Frau das Glas reichte, registrierte Nelli einen leichten Tremor seiner Hände. Nun war auch Markus zu seiner Mutter getreten und strich ihr beruhigend immer wieder über Arme und Schultern. Jetzt, wo sie der Aufmerksamkeit ihres Sohnes gewiss war und sie aus dem selbstgewählten Schattendasein ihres wohl meist ereignislosen Lebens kurz herausgetreten war, schien es Maria Scholl gleich etwas besser zu gehen. Nelli konnte sich eines Anhauchs von Abneigung nicht erwehren, als sie sich klarmachte, dass diese Frau eine Situation auszunutzen schien, die doch zumindest für ihren Sohn verzweifelt und quälend sein musste. Die Eifersucht einer Mutter? Oder ein geschicktes Heischen nach Aufmerksamkeit einer sonst unbeachteten Frau?

Ein Läuten an der Haustür unterbrach ihre Gedanken. Annette ging öffnen und kehrte mit zwei Männern zurück. Sie wies auf einen sympathisch aussehenden, dunkelhaarigen Mann Ende dreißig oder Anfang vierzig und sagte zu Nelli: "Das ist mein Mann".

"Brehm", sagte er und lächelte Nelli zu, indem er ihr kräftig und kurz die Hand schüttelte.

"Das ist Frau Franke, eine Kriminalkommissarin, die Sabines ......Unfall bearbeitet. Und das ist mein älterer Bruder Thomas", fügte sie an Nelli gewandt, hinzu.

Der auf den ersten Blick unauffällig wirkende mittelgroße Mann, der sie jetzt begrüßte, sah ihr direkt und forschend in die Augen ohne zu lächeln. Sie konnte keinerlei Ähnlichkeit mit seinen Eltern oder gutaussehenden Geschwistern feststellen und er musste etliche Jahre älter sein als sie.

Sie spürte sofort, dass er in diese Familie nicht hineinpasste, eine Außenseiterposition einnahm.

Als er sprach, war sie auf der Stelle von seiner Stimme eingenommen, die dunkel und volltönend und eine aparte Färbung hatte. Die ideale Stimme, um Hörbücher zu sprechen, dachte sie.

"Meine Eltern haben mich über diese entsetzliche Sache informiert." Er kam direkt und ohne Umschweife zur Sache: "Wissen Sie schon, wer sie überfahren hat, haben Sie den Täter?"

Nelli klärte ihn und Klaus Brehm, Annettes Mann, kurz über den bisherigen Ermittlungsstand auf, wobei er nicht eine Sekunde seine hellen Augen von ihr abwandte.

Markus hatte sie mit seinem Aussehen geblendet, doch die Ausstrahlungskraft seines äußerlich unscheinbaren Bruders ließ seine Schönheit zur Oberflächlichkeit verblassen. Mit seiner stillen Präsenz beherrschte Thomas Scholl den Raum und ihr schien, als ginge ein Aufatmen, eine Erleichterung durch die Anwesenden, dass einer die Führung übernommen, die Sache im Griff hatte und sie sich wieder ihren eigenen Befindlichkeiten überlassen durften.

Nelli trank ihren Kaffee aus, der dünn und ohne Aroma war. Die Kekse rührte sie nicht an.

"Wenn Ihnen jetzt unter der ersten Schockwirkung nichts einfällt, möchte ich Sie nicht weiter belästigen, aber Sie werden sicherlich verstehen, dass ich wahrscheinlich noch öfter mit Ihnen allen sprechen muss. Ich werde sehen, dass es nicht allzu unangenehm für Sie werden wird, das heißt, meine Kollegen und ich werden möglichst Sie aufsuchen und Sie nicht ins Büro bestellen, wenn es sich vermeiden lässt." Sie wandte sich an Markus: "Denken Sie bitte an die Liste, um die ich Sie gebeten hatte?"

Er überraschte sie: "Ich habe sie schon, hier," er zog ein Blatt Papier aus seiner Hosentasche und reichte es ihr.
Nun geschah etwas Seltsames. Sobald Markus zu sprechen begann, zog sich sein Bruder, der eben noch die Situation beherrscht hatte, zurück; er tauchte gleichsam in den Schatten und alle blickten zu Markus. Er ist die Sonne, dachte Nelli, die Sonne, die alle überstrahlt, an der sich alle wärmen und der Mond verblasst neben ihm, aber er ist da, ich weiß zumindest, dass er da ist.
"Ach ja, eine Frage hätte ich noch," sie drehte sich noch einmal um und kam sich vor wie *Columbo* , "welche Automarken fahren Sie, ich meine Sie alle, jeder einzelne von Ihnen, es ist sehr wichtig für die Ermittlungen, welche Wagen wir ausschließen können, äh... und bitte mit Farbangaben", fügte sie sanftmütig hinzu.
Brav nannten sie nacheinander ihre Wagentypen und die Farben. Es waren zwei BMW's, zwei Audis, und ein Golf, sie waren dunkelgrau, schwarz, dunkelrot, ein BMW und ein Golf waren blaugrün.

Die Läden hatten schon geschlossen, sodass aus dem Vorsatz, sich einen Salat zuzubereiten, nichts wurde. Nelli hatte einen Riesenhunger und als sie aus der vornehmen Villengegend in Dahlem mit ihrem Toyota in den Teltower Damm einbog, hielt sie vor einer kleinen Pizzeria, die auch Straßenverkauf hatte und verschlang im Auto heißhungrig zwei Minipizzen. Dazu hatte sie sich eine MP3 mit Filmmusik in den Autoplayer eingelegt. Rötter trieb sie mit ihrer Vorliebe für jegliche Filmmusik zur Verzweiflung, er hörte ausschließlich Pop – und Diskomusik, vornehmlich aus den achtziger Jahren, die Nelli nun überhaupt nicht ertragen konnte. Natürlich hatte er ungefähr eine Million Songs auf seinem I-Pod, den er mittels eines Adapters an die Musikanlage des Autos anschließen konnte, so dass alle Insassen mithören mussten. Ein Grund mehr, dass Nelli statt des Dienstautos lieber ihren eigenen Wagen fuhr.

Zur Musik aus *Forrest Gump*, einem ihrer Lieblingsfilme, schlürfte sie ihre Cola durch den Strohhalm und dachte befriedigt daran, dass sie Rötter erfolgreich daran gehindert hatte, sie zu der Villa der Scholls zu begleiten. Ohne seine Anwesenheit, die sie durch ihren häufigen Ärger über seine unangebrachten Manieriertheiten ablenkte, konnte sie sich viel besser auf die Menschen konzentrieren, mit denen sie bei einem Fall sprechen musste. Sie konnte beobachten, wenn leichter Schweiß auf ihre Stirnen und Oberlippen trat, ihre Augenlider anfingen zu flattern, was sie mit ihren Händen anstellten, wie ihre ganze Körperhaltung war, ob sich die Stimme veränderte. Diese Eindrücke konnte sie am besten überdenken und verarbeiten, wenn sie danach allein war und sich nicht die nervtötenden Bemerkungen von Rötter anhören musste, der immer ziemlich schnell seine Version der Dinge zusammengebastelt hatte und ihr auch unbedingt gleich mitteilen musste.

Manchmal störte er sie auch, wenn er sich einige Kilometer entfernt von ihr befand, denn ihr Handy klingelte und zeigte seinen Namen an. Einen Augenblick erwog sie, einfach nicht ranzugehen, aber sie wusste, er würde nicht aufgeben und womöglich vor ihrer Wohnungstür stehen, wenn sie sich jetzt tot stellte.

Seine beflissene Stimme hatte immer eine leichte Beimischung von wichtiger Erkenntnis und schwer verbrachter Arbeit, die auf manche der Kollegen Eindruck machte, einige belustigte und Nelli so nervte, dass sie manchmal aggressiv zu ihm wurde, was sie gleich bedauerte, denn sie wollte ihm nicht ein Gefühl von für sie relevanter Bedeutung geben.

"Ich war noch mal im Krankenhaus und...ach , könnten Sie diese Musik etwas leiser stellen.., danke, vielen Dank. Also, ich hab mit den Leuten vom Spätdienst gesprochen, auf der HNO-Station und da meinte ein Pfleger, Sabine Brinkmann hätte einen eigenen Laptop, der immer auf dem Schreibtisch stand im Arztzimmer und jetzt ist er nicht mehr da. Sie hat ihn nur am Wochenende, wenn sie frei hatte und im Urlaub mit nach Hause genommen. Das andere Pflegepersonal bestätigte das und ein Kollege von ihr, ein gewisser Dr. Moorbach, auch."

"Na, das ist interessant, warum haben mir die von der Frühschicht das nicht sagen können?"

"Kann ich Ihnen auch nicht sagen, vielleicht war es zu hektisch oder es ist ihnen von selbst nicht aufgefallen, jedenfalls scheint dieser Krankenpfleger ein guter Beobachter zu sein, der macht sowieso einen kompetenten Eindruck."

"Oder er schnüffelt gern auf dem Schreibtisch der Ärzte herum," sagte Nelli und empfand ihre Bemerkung sofort

ungerecht. Um es wieder gutzumachen, sagte sie versöhnlich: "Und wie ich Sie kenne, Rötter, haben Sie sofort das Richtige getan und sind in ihre Wohnung gefahren.
Übrigens wollte ich das morgen mit Ihnen zusammen machen," fügte sie schnell hinzu.
"Ja, ich habe mich mit Binke in ihrer Wohnung umgesehen und einen Computer, ein ziemlich altes Modell auf ihrem Schreibtisch gesehen, aber keine Spur von einem Laptop.
Ich hab Sie angerufen, aber Sie hatten ihr Handy ausgeschaltet;" setzte er vorwurfsvoll hinzu.
"Ja, als ich bei den Scholls war, hätte das gestört," sagte Nelli ein kleines bisschen zu scharf.
"Na gut, das könnte wichtig sein, wenn er tatsächlich verschwunden ist und ihn nicht vielleicht Markus Scholl mitgenommen hat. Wir werden ihn morgen danach fragen. Für heute machen wir Feierabend, irgendwann ist auch für uns einmal Schluss, schließlich kriegen wir keine Überstunden bezahlt, sondern müssen sie abbummeln, also tschüß, bis morgen," würgte sie das Gespräch ab.
Sie drückte schnell auf den Knopf für den automatischen Fensterheber, denn eine Wespe versuchte ins Wageninnere zu kommen. Ihr Leib wurde von der Scheibe, die sich genau in diesem Moment schloss, in zwei Teile geschnitten und ihr Vorderteil fiel Nelli in den Schoß. Panisch konnte sie einen kleinen Schrei nicht unterdrücken, rückte ein Stück hinüber auf den Beifahrersitz und fegte angeekelt mit der Serviette das

halbe Insekt auf den Boden. Es war Mitte Mai und nach ihrer Erfahrung für Wespen noch ziemlich früh. Als Kind hatte sie einmal eine Wespe verschluckt, die sich auf ein Stück Pflaumenkuchen gesetzt hatte. Sie saß mit ihren Eltern in einem Gartenlokal, erzählte ihnen fröhlich etwas, als ihre Mutter plötzlich aufschrie und ihr auf den Mund schlug. Aber es war zu spät, sie hatte das Stück schon runtergeschluckt, denn sie schlang Kuchen und Süßigkeiten immer gierig hinunter, warum nur, sagte ihr Vater dann stets, als Einzelkind musst du doch keine Konkurrenz fürchten. Sie fuhren mit ihr gleich in ein Krankenhaus, dass nicht weit entfernt war und sie bekam eine Cortisonspritze. Sie konnte sich noch an die blassen, erschrockenen Gesichter der Eltern erinnern und an das Gefühl der Geborgenheit, als ihr Vater sie auf den Rücksitz des alten Opels bettete, ihren Kopf vorsichtig auf den Schoß der Mutter legte, die sonst vorne neben ihm saß. Die zitternde Hand ihrer Mutter, die ihr immer wieder zart über beide Wangen streichelte. Und sie hatte den schwachen Duft nach Atrix-Handcreme in der Nase, als sie wütend mit dem Schuh auf das am Boden liegende Stückchen Wespe eintrat, bis sie es zu einem Fleck zermalmt hatte.

Aufatmend griff sie nach der Liste, die ihr Markus Scholl gegeben hatte. Sie war säuberlich mit der Hand geschrieben und als ersten Namen hatte er seinen eigenen aufgeführt mit einem langen Gedankenstrich und dann Verlobter, Komma, Lebensgefährte. Interessant! Dann folgten die Namen von Sabine

Brinkmanns Vater, seiner eigenen Verwandtschaft, ihrer beider Kollegen und zwei Freundinnen von ihr, jeder Name mit Angaben, in welchem Verhältnis die Person zu ihr stand. Mit allen mussten sie morgen reden, sämtliche Alibis mussten überprüft und natürlich die in Frage kommenden Wagen untersucht werden.
Unwillig warf sie die Liste in ihre Tasche und machte sich auf den Nachhauseweg. Gegen ihre Gewohnheit fuhr sie langsam und gemächlich die Straße in Richtung Clayallee, fuhr noch nicht nach Hause und bog spontan in die Potsdamer Chaussee ein. Das satte Grün, dass in den letzten zwei Wochen überall aufgebrochen und niemals sonst so frisch und leuchtend war wie im Mai, beruhigte sie. Jedes Jahr wieder bedauerte sie die kurze Zeit des Frühlings, die sie nie richtig genießen und auskosten konnte, weil die Straße schon mit einem rosa Blütenmeer der Kirsch- und Magnolienbäume übersät war, bevor sie anfangen konnte, sich daran zu erfreuen. Die Arbeit frisst meine Zeit und die schönen Dinge auf, die ich sonst alle machen könnte, dachte sie, zum Beispiel wäre es schön, einen Garten zu haben, Blumen und sein eigenes Gemüse anzupflanzen, auch für Kinder wäre das ideal, ein Haus mit Garten. Es musste ja nicht gleich so eine Prachtvilla sein wie die der Scholls. Ernst Scholl war Immobilienmakler und musste eine Menge Geld verdienen, um sich so etwas leisten zu können, da konnte eine Kriminalbeamtin natürlich nicht mithalten. Wenn sie einen Arzt heiraten würde....., aber die klagten ja auch, dass sie immer weniger verdienten. Hatten die Ärzte

neulich nicht sogar gestreikt? Sie hatte im Fernsehen in den Nachrichten darüber etwas gesehen. Sie dachte an Thomas Scholl, Markus' älteren Bruder, der dieses Charisma hatte, dass den anderen in dieser Familie, sogar dem schönen Markus, abging. Vielleicht bemerken das andere Leute gar nicht, vielleicht hat dieser Mann nur auf mich diese Ausstrahlung, dachte Nelli. Er fiel sowieso aus dem Rahmen, er war Koch in einem mittelgroßen Hotel; seine Schwester wollte auch Ärztin werden wie Markus, brach jedoch ihr Medizinstudium ab, als sie den Architekten Klaus Brehm heiratete. Nelli hatte sich am Nachmittag gründlich über die Scholls informiert, bevor sie sie aufgesucht hatte. Er war mit fünfunddreißig Jahren der Älteste der drei Geschwister, dann kam die farblose Annette, die noch nicht ganz dreißig war und nur eineinhalb Jahre später Markus.

Links und rechts der Straße standen die Kastanienbäume dicht an dicht. Üppig trugen sie ihre weißen Blütenkronen und während Nelli sie in ihrer Pracht bewunderte, zwang sie sich, ihre Gedanken von der Arbeit abzuschalten, was ihr meistens auch ganz gut gelang. War da nicht etwas mit einer Motte aus der Türkei, die über unsere Kastanienbäume hergefallen ist, kam ihr in den Sinn. Im Herbst konnte man die ausgefransten, trockenen Blätter sehen, wenn die anderen Bäume noch in voller Pracht standen. Freiwillige Helfer sollten sich zum Zusammenkehren des Laubs melden. Vielleicht würde sie mitmachen, würde sich einfach die Zeit nehmen. Bei der nächsten Gelegenheit wendete sie und fuhr rasch nach Hause.

*

Markus Scholl konnte nicht einschlafen. Er lag auf seinem breiten Bett in der ausgebauten Mansardenwohnung der elterlichen Villa und starrte in die Dunkelheit, die nicht undurchdringlich war. Die eigens für das schräge Fenster angefertigte Jalousie hatte er nicht heruntergezogen und bleiches Mondlicht illuminierte das Messinggestell am Fußende seines Bettes. Das Bett hatte nichts zu erzählen von gemeinsamen Nächten mit Sabine. Er hatte nie mit seinen Freundinnen Sex im Haus der Eltern gehabt, eine merkwürdige Scheu hatte ihn zurückgehalten. Die kleine Wohnung hatte zwar einen separaten Eingang über eine Außentreppe, aber allein der Gedanke, seine Mutter könne anklopfen, wenn er mit einer Frau im Bett lag, hatte wie ein Lustkiller auf ihn gewirkt. Die wenigen Male, die Sabine bei ihm übernachtete, hatte er keusch mit dem Rücken zu ihr auf der linken Bettseite geschlafen und weder ihr fordernder Körper, der sich an ihn drängte, noch ihre streichelnden Hände hatten ihn umstimmen können und sie hatte halb ärgerlich, halb amüsiert resigniert.
Er wünschte, er würde richtig weinen können, aber seine Augen schmerzten vor Trockenheit. Vor einer Stunde hatte er 10 mg Valium genommen. Die Anstrengung sich vor der Familie und dieser Kriminalkommissarin

zusammenzunehmen, hatte ihn überfordert und er wünschte sich für einige Stunden nichts als Schwärze und Vergessen. Leider hatte er ein richtig starkes Schlafmittel nicht in seinem Badezimmer. Er hatte seiner Mutter mal etwas verschrieben, aber er mochte jetzt nicht hinuntergehen und sie fragen. Immer wieder spulten sich vor seinen Augen die letzten Stunden mit Sabine ab. Noch waren ihm ihre Haut, ihr Haar, ihr Geruch ganz nah, ihre Stimme und ihr Lachen noch so vertraut. Wie lange würde das so sein, wann würde sie verblassen und immer weiter fort rücken auf irgendeinen Planeten seines Vergessens? Er versuchte genau, ihren letzten gemeinsamen Tag in Gedanken aufzuzeichnen. Was hatte sie gesagt, welche Kleider trug sie, wann hatte sie ihn zum letzten Mal geküsst? Wie rot sie geworden war, als er sie dabei überraschte, wie sie in einer Frauenzeitschrift einen Test gemacht hatte: *Wirke ich noch attraktiv auf meinen Partner?* oder so ähnlich. Amüsiert hatte er sie damit aufgezogen und sie hatte schnell erwidert, dass sie nur die Zeit überbrücken wolle, bis er aus der Dusche wiederkäme. Die Entdeckung hatte ihn gerührt und eine Woge der Zärtlichkeit in ihm hochschwappen lassen.

Ein mächtiges Rauschen lenkte ihn ab und er sah an seinem Fenster, wie strömender Regen an seine Scheibe platschte. Sie hatte den Regen geliebt, seine kühle, elegante Sabine hatte sich dann einen weißen Lackmantel übergezogen und war draußen herumgelaufen, das Gesicht entzückt nach oben gereckt, die Füße nass in den vor Wasser quatschenden Schuhen.

Die Momente ihrer freigelegten Kindlichkeit waren selten und er hatte das Privileg gehabt, einige davon gekannt zu haben.

Ein Stockwerk unter Markus' Wohnung lag seine Mutter ebenfalls schlaflos neben ihrem leise schnarchenden Mann. Nachdem sie ihre Schlaftablette genommen hatte, war sie in einen bleischweren, traumlosen Schlaf gesunken, aber nach zwei Stunden wieder aufgewacht. Und jetzt überlegte sie, ob sie ausnahmsweise noch eine Tablette nehmen sollte. Angewidert roch sie den Alkohol, den ihr Mann ausdünstete. Sie stand auf, um das Fenster einen Spalt zu öffnen, aber der Regen war vom Wind so ungünstig gedreht worden, dass er kleine Spritzer auf ihr langes Seidennachthemd klatschte, so dass sie hastig das Fenster wieder schloss, den Riegel drehte und es auf Klappen stellte. Bevor Ernst aufwachte, musste sie es wieder schießen, denn er war der festen Meinung, sich nachts bei offenem Fenster verkühlen zu können und keine noch so vernünftigen Argumente seitens seiner Frau und seines Sohnes konnten ihn davon abbringen. "Ihr Medizinmänner müsst alles besser wissen", pflegte er zu Markus zu sagen, "aber ich weiß selber am besten, was für mich gut ist."
Sie seufzte laut, ohne Angst zu haben, ihn zu wecken, denn er hatte einen beneidenswert tiefen Schlaf. Ihre Gedanken kreisten unablässig um ihren Sohn. Hoffentlich kommt der Junge bald über diesen Verlust hinweg, dachte sie. Sie hatte so gehofft, ihn glücklich in einer

eigenen Familie sehen zu können und nun musste dieses Unglück über ihn hereinbrechen. Dass nur kein Schaden bei ihm zurückbleibt, sinnierte sie, als sie wieder im Bett lag und die Decke bis zum Kinn hinaufzog. An Frauen, die hinter ihm her waren, herrschte ja kein Mangel, aber heiraten wollte er bisher erst zwei und nun das. Warum hat es nicht Thomas treffen können? Er war doch der viel Robustere und Kühlere der Brüder, aber der hatte ja noch nie eine Frau mit nach Hause gebracht. Sie wusste eigentlich überhaupt nicht, mit wem er verkehrte und nahm sich vor, ihn bei nächster Gelegenheit etwas auszufragen.

Sie hoffte inständig, dass Markus Schlaf finden würde und überlegte schon zu ihm nach oben zu gehen. Früher, als er noch ein Junge war und im Kinderzimmer schlief, war sie mehrmals nachts aufgestanden und hatte nach ihm und den anderen Kindern gesehen, bis alle größer wurden und ihre Zimmer abschlossen.

Sie würde nicht zu ihm gehen, vielleicht weckte sie ihn auf, falls er doch eingeschlafen war. Sie beschloss, noch eine halbe Tablette zu nehmen und stand wieder auf.

Annette Brehm war schon dreimal ins Kinderzimmer gegangen und hatte sanft Felix's Stirn kontrolliert, die sich heiß und trocken anfühlte. Sie hatte befürchtet, dass er Fieber bekommen würde. Tagsüber war er unruhig gewesen und hatte ständig ihre Nähe gesucht. Sie hatte ihn früher von der Schule abgeholt, weil sie nicht wollte, dass er an dem anstrengenden Sportunterricht teilnahm. Die Turnlehrerin war erstaunt gewesen, als sie auftauchte, um ihn mitzunehmen. Ihrer Meinung nach machte der Junge keinen kranken Eindruck, sondern war wie immer, das heißt, er war nicht bleicher und stiller als sonst und von sich aus hatte er noch nie Begeisterung gezeigt, weder für Sport noch für Erdkunde. Die beiden Fächer unterrichtete sie in seiner Klasse.

Er war gleich zu seiner Mutter gegangen, hatte sie mit beiden Armen umfasst und den Kopf an ihren Bauch gepresst. Zu Hause hatte sie ihn aufs Sofa im Wohnzimmer gebettet, ihm Kakao gekocht und aus *Pippi Langstrumpf* vorgelesen, die er lieber mochte als *Harry Potter,* den Lisa über alles liebte, auch, wenn sie vieles noch nicht richtig verstand. Abends las sie beiden Kindern aus dem dritten Band jeweils ein Kapitel vor und Lisa bettelte immer noch um mehr. Felix machte kein Theater; er wollte nur immer, dass sie länger mit ihm schmuste und umklammerte ihren Hals. Mittags auf dem Sofa merkte sie, dass er eingeschlafen war. Seine Lider mit den langen Wimpern waren über den tiefblauen Augen zugefallen. Er brütete also doch etwas aus. Morgens hatte er nur in seinen Cornflakes herumgestochert und sie hatte schon überlegt, ob sie ihn wirklich zur Schule schicken sollte. Andererseits fehlte er sowieso schon so oft und die Klassenlehrerin hatte sie und Klaus um ein Gespräch gebeten, in dem sie ihnen nahe legte, ihn die Klasse wiederholen zu lassen. Klaus war dagegen gewesen. Er, der dreizehn Jahre lang ein Streber und immer zu den Klassenbesten gezählt hatte, tat sich schwer damit, dass sein Sohn sich nicht in der Schule hervortat.

Außerdem hatte sie viel an diesem Tag zu erledigen und ein Geschenk für ihren Vater musste sie auch noch besorgen. So hatte sie ihn schlechten Gewissens zur Schule gefahren und Lisa erleichtert zur Kindertagesstätte.

Sie warf einen raschen Blick zu ihrer Tochter hinüber, die sich die Decke abgestrampelt hatte und auf der Seite lag, den ramponierten, aber heißgeliebten Plüschhasen im Arm. Das dunkle, widerspenstige Haar lag verstrubbelt auf dem Kopfkissen, den Daumen ihrer molligen Hand hatte sie in den Mund geschoben. Schon als Baby hatte sie fast jede Nacht durchgeschlafen.

Felix wachte sofort auf, als sie ihm das Thermometer vorsichtig ins Ohr hielt.

"Pst, schlaf weiter, es ist nichts, ich messe nur deine Temperatur", flüsterte sie. Das Thermometer piepste leise und sie hielt es dicht vor ihre Augen: 38,4. Sie würden zum Kinderarzt gehen müssen.

"Mami, darf ich in dein Bett? Mein Kopf tut weh", jammerte er.

"Natürlich, mein Spatz, aber erst musst du etwas trinken, komm, hier", sie hielt ihm das Glas zuckerfreien Tee an den Mund, das immer auf seinem Nachttisch stand. Sie überlegte, ob sie ihm ein Zäpfchen geben sollte, entschied sich aber dagegen. Der Kinderarzt meinte, ab

39° solle man erst ein Zäpfchen geben, außerdem hoffte sie, das Fieber würde seine Abwehrkräfte mobilisieren.
Trotz seines zierlichen Körpers war der Junge ziemlich schwer, als sie ihn ins Schlafzimmer schleppte und in die Mitte des breiten Ehebetts legte. Klaus wachte nicht auf. Er hatte den gleichen festen Schlaf wie seine Tochter. Annette holte Kissen und Zudecke des Jungen und streckte sich seufzend neben ihm aus. Er kuschelte sich an sie und schlief wieder ein. Sie jedoch fand lange keinen Schlaf und während der heiße Atem des Kindes die Haut an ihrem Hals kitzelte, dachte sie über diesen ereignisreichen Tag nach.

*

Es klingelte zweimal an der Wohnungstür. Frau Sembach, die schon nackt vor ihrer vollen Badewanne stand, überlegte, ob sie das Klingeln ignorieren sollte. Das Wasser hatte gerade die richtige Temperatur und sie erwartete niemand. Allerdings könnte es auch noch einmal die Polizei sein, diese nette junge Kommissarin und ihr steifer Schnösel von Assistent. Seufzend wickelte sie sich in ihren rotgestreiften Bademantel.
"Einen Augenblick bitte", rief sie mit etwas zittriger Stimme und lief leicht keuchend zur Tür. Wie so oft hatte sie vergessen die Kette vorzulegen, ein ewiges Ärgernis für ihre Tochter, die sie immer wieder daran gemahnte, vorsichtiger zu sein.

Erstaunt betrachtete sie die Gestalt, die lächelnd vor ihrer Tür stand und in einen Overall aus schwarzgrauem Plastik gekleidet war, an den Füßen weiße, nagelneu aussehende Gummistiefel.
"Guten Tag, Frau Sembach, wir waren verabredet, mein Kollege kommt gleich, er sucht nur einen Parkplatz, darf ich hereinkommen?"
Die Gestalt drängelte sich an der verblüfften alten Frau vorbei in den Korridor.
"Aber das muss ein Irrtum sein, ich erwarte heute keinen Besuch. Und wer sind Sie überhaupt?"
"Polizei, hier ist mein Ausweis", Frau Sembach wich etwas zurück, als ihr eine Karte dicht vor die Augen gehalten wurde, von der sie nichts entziffern konnte.
"Hat denn mein Kollege nicht angerufen, er sollte Sie fragen, wann es Ihnen passt, ach, dann hat er das versaut, das tut mir wirklich Leid. Wir haben noch ein paar Fragen an Sie."
"Ja, aber wo ist denn Frau Franke, sie hat doch mit mir schon gesprochen und außerdem hat mich keiner von der Polizei angerufen, aber wo Sie schon mal hier sind, kommen Sie doch bitte herein. Muss ich mein Bad eben später nehmen. Entschuldigen Sie meinen Aufzug. Warum haben Sie denn diese ....Regenkleidung an. Möchten Sie das ablegen?"
"Nein, nein, das ist nicht nötig. Die Stiefel sind auch ganz sauber. Völlig neu, verstehen Sie? Ja, es ist heftiger Regen angesagt und ich bin gern vorbereitet. Wissen Sie, ich habe eine Bitte, vielleicht haben Sie zufällig noch etwas

Kaffee da, es ist ja gerade die Zeit........", ein kurzer Blick auf die Wanduhr, "ich bin heute noch gar nicht zum Kaffeetrinken gekommen, wissen Sie, es ist ja so viel zu tun, deshalb hat mich Frau Franke auch beauftragt, herzukommen. Aber nur, wenn Sie eine Tasse mittrinken, sonst komm ich mir zu aufdringlich vor."
Verwundert über dieses Gerede holte die alte Frau eine silberne Thermoskanne und zwei Tassen aus der Küche.
"Kaffee nicht, aber ich habe noch Tee von vorhin da", sagte sie und blickte der Person, die unaufgefordert auf ihrem Sofa Platz genommen hatte, misstrauisch ins Gesicht. Sie stellte eine dünne, weiße Porzellantasse vor sie hin. "Nehmen Sie Milch und Zucker"?
"Ja, das wäre nett. Ich gieß uns schon mal ein, ja"?
Es dauerte noch eine Minute, bis Frau Sembach die Zuckerdose und die Milch, die sie in ein kleines Kännchen gegossen hatte, hereinbrachte.
Diese Person war tatsächlich merkwürdig und hatte schlicht keine Manieren, dachte sie bei sich, denn sie schob ihr ihre Tasse einfach näher und bat sie, ihr Milch und Zucker hineinzutun.
Sie hatte die Butterkekse, die sie für Gäste bereithielt, in der Küche vergessen. Nun, sie würde keine Kekse anbieten, das war ihre kleine Rache, überlegte sie, während sie ihren ungesüßten Tee trank. Allerdings bezweifelte sie, dass dieser kleine Affront ohne Entschuldigung bei einem derart schlecht erzogenen Menschen als solcher angekommen war. Sie hatte ganz vergessen, dass noch ein Kollege auftauchen sollte, denn

nun wurde sie aufgefordert, noch einmal alles haarklein zu erzählen, was sie schon der netten Frau Franke berichtet hatte.

Die seltsame Gestalt in ihrem Plastikanzug schwitzte stark. Die Hände hielt sie zwischen die Knie gepresst und den Tee, angeblich doch so heiß begehrt, hatte sie überhaupt nicht angerührt. Ganz leise aber beharrlich regte sich in Frau Sembach ein Verdacht, während sie sich bemühte, die vielen Zwischenfragen zu beantworten und den bohrenden Augen, die sie lauernd beobachteten, auszuweichen.

Mutig und direkt, wie es ihre Natur war, beschloss sie, zum Angriff überzugehen.

"Jetzt möchte ich Sie auch mal etwas fragen", begann sie, aber da war es schon zu spät. Eine aggressive Übelkeit breitete sich in ihrem Magen aus und ein heftiger Schwindel stieg ihr in den Kopf. Hastig schnappte sie nach Luft und versuchte aufzustehen. Mit unendlicher Anstrengung hob sie ihre knorrigen Hände mit den dicken lila Venensträngen und legte sie auf ihre Brust. Sie meinte, ihr Herz müsse rasen vor Angst, jedoch war das Gegenteil der Fall. Es schlug sehr langsam mit vereinzelten Zwischenschlägen, die nicht in diesen Rhythmus hineingehörten.

"Was haben Sie mit mir gemacht", wollte sie sagen, aber aus ihrem Mund kam nur ein Gurgeln heraus. Dann rückten die Gegenstände im Zimmer immer enger auf sie zu und kreisten sie ein. Grauer Nebel waberte vor ihren Augen, wurde stetig dunkler, bis er eine undurchdringliche Schwärze angenommen hatte; sie gab jeden Widerstand auf und ließ sich hineinfallen.

*

Nelli stand fassungslos vor der Leiche der alten Frau Sembach. Das Wasser war über den Rand der Wanne geschwappt und hatte sich in Lachen auf den hellblauen Fliesen des Badezimmerbodens gesammelt. Sie war vollständig unter Wasser, ihre Augen geschlossen und der Mund etwas offen, die Zunge hing seitlich heraus. Die Beine waren angewinkelt.
Sie tauchte eine Hand ins Wasser, berührte die Wange der Toten. Die Haut fühlte sich ledrig und eiskalt an. Das kleine Fenster links von der Wanne war nicht beschlagen. Die grellen Blitze des Fotografen zuckten durch das Badezimmer.
Die Polizeipathologin Bönisch legte ihr eine Hand auf die Schulter, sie war jung, ehrgeizig und ein halbes Jahr dabei.
"Wir lassen jetzt das Wasser heraus und dann seh' ich sie mir genauer an".
Traurig trat Nelli zur Seite, als zwei Leute eine Bahre neben die Wanne stellten. Es war kein Platz mehr im Badezimmer und sie ging ins Wohnzimmer. Auch hier waren die Beamten von der Spurensicherung, die weiße Plastiköveralls über ihren Sachen trugen, an der Arbeit. Auf einem geblümten Samtsessel, der schon fertig untersucht war, saß weinend die Putzfrau. Sie hatte Frau

Sembach gefunden. Sie war wie jeden Donnerstag um 9.00 gekommen und hatte geklingelt. Als sich nichts rührte, hatte sie mit dem Wohnungsschlüssel die Tür geöffnet; es war schon öfter vorgekommen, dass ihre Arbeitgeberin, zu der sie bereits sechs Jahre kam, nicht da war, weil sie einen Arztbesuch wahrnehmen musste oder auch früh zum Einkaufen ging. Außerdem wurde sie zunehmend schwerhörig, also war Frau Glaubig, die Putzfrau, laut rufend durch die Wohnung gelaufen. Sie sah die Tür zum Badezimmer nur angelehnt.

"Ich wollte ihr helfen, sie aus dem Wasser ziehen, aber sie war kalt und.......tot", vor Schluchzen konnte sie nicht weitersprechen und Nelli tätschelte ihr beruhigend den Rücken.

"Sie haben alles richtig gemacht. Sie ist mindestens seit gestern Abend tot." Sie seufzte tief auf.

"Hatte sie bestimmte Zeiten, zu denen sie ein Bad nahm, wissen Sie das?"

"Sie badete nur einmal in der Woche, sonst duschte sie immer, sehen Sie, es gibt da hinten dieses kleine Duschbad, das hat sie sich vor einigen Jahren extra einbauen lassen. Das war bequemer für sie . Aber einmal in der Woche wollte sie ein Vollbad nehmen, zur Entspannung, verstehen Sie"?

"Ja, ich verstehe," sie sah in das bleiche Gesicht der Frau und rief leise einen Kollegen in Uniform zu sich: "Wenn wir die Personalien von ihr haben, können Sie sie jetzt bitte nach Hause fahren."

Er nickte und Nelli dankte ihr noch einmal und ging dann in die Küche, die traditionell eingerichtet war. An so einen altmodischen Schrank mit pastellfarbenen Schiebetüren und weißen Schütten für Zucker, Salz, Mehl und andere Bindemittel konnte sie sich noch aus ihrer frühen Kindheit erinnern, wenn sie die Großeltern besuchte. Nachdenklich betrachtete sie das kleine Tablett mit der Thermoskanne und der einen Tasse, in der sich noch eine Pfütze mit dunklem Tee befand, braune Ablagerungen klebten am Innenrand der Tasse. Ein Glastellerchen mit drei Butterkeksen und eine halbgefüllte Zuckerdose standen daneben. Sie brach ein Stückchen von der Ecke eines Kekses ab. Er war weich und lappig, also standen sie schon längere Zeit offen herum, wahrscheinlich seit gestern. Sie zog aus ihrer Tasche einen Einmalhandschuh und streifte ihn über die rechte Hand, öffnete den Küchenschrank und sah auf einem Bord in der Ecke eine kleine silberne Schildkröte. Vorsichtig nahm sie sie auf die Hand, der Panzer ließ sich öffnen und da lagen viele weiße, winzige Pillen; sie kostete eine mit der Zungenspitze, ja, es war Süßstoff, wie sie sich gedacht hatte. Es war also jemand hier gewesen und hatte den Anschein erwecken wollen, die alte Frau Sembach hätte Tee getrunken, wusste aber nicht, dass sie Diabetes hatte und niemals Zucker in ihren Tee genommen hätte. Also hatte man sie entweder gezwungen, den Tee, in dem vielleicht ein Betäubungsmittel war, zu trinken oder man hatte ihn ihr gewaltsam eingeflößt. Was geschah weiter? Wurde die bewusstlose Frau ins Badezimmer geschleppt,

in die Wanne gehievt und einfach ertränkt? Nelli war sicher, dass es sich so ähnlich abgespielt haben musste und sie fühlte sich entsetzlich schlecht. Dass der Tod der alten Frau kein Zufall war, stand für sie fest; dass die Zeugin eines tödlichen Autounfalls am Tag darauf in der Wanne ertrank, konnte nur bedeuten, dass es einen Zusammenhang zwischen den beiden Ereignissen gab. Sie war sicher, Rötter sah die Sache genauso. Er hatte sie heute früh mit dem Anruf aus dem Bett geholt und sie war nach einem hastigen Aufbruch sofort hierher gefahren. Schuldgefühle nagten an ihr. Hatte sie etwas übersehen, versäumt?´
Rötter trat mit der Ärztin zu ihr, während der Fotograf noch weiter Bilder von der Toten machte.
"Sie hat Druckstellen neben den Achselhöhlen, an den Armen und, was interessant sein könnte, an den Fußknöcheln," sagte Dr. Bönisch.
"Warum?"
"Nun, wie taucht man jemanden am besten unter Wasser, wenn er in der Badewanne liegt? Noch zumal, wenn er wahrscheinlich bewusstlos ist? Man zieht einmal kräftig an den Füßen und schon ist der Kopf untergetaucht. Ich wette, ich finde Wasser in der Lunge und im Magen sicherlich ein Schlafmittel oder ähnliches."
Nelli war ein kleines bisschen unangenehm berührt von der geschäftsmäßigen Kälte der Ärztin, aber vielleicht versuchte sie nur ihre Unsicherheit zu verbergen und so schrieb sie es ihrem unreifen Alter zu. Nachdenklich sagte sie: "Die Beine waren doch angewinkelt."

"Das wurde nach ihrem Tod gemacht, so sieht es aus, als ob sie ohnmächtig wurde und einfach ins Wasser gerutscht ist."

"Apropos Schlafmittel," sagte Rötter und wandte sich zur Küche, "ich will mich nur überzeugen…..ah ja, alles in Ordnung." Er sah zu, wie ein Mann der Spurensicherung die Teetasse mit dem Rest Inhalt vorsichtig in einen kippsicheren Behälter verschloss und Nelli, die ihm gefolgt war, fuhr ihn ärgerlich an: "Seien Sie nicht albern, Rötter, die Leute machen das schließlich nicht zum ersten Mal. Sie müssen nicht immer alles kontrollieren!"

Befriedigt sah sie eine starke Unmutsregung über sein Gesicht gehen, doch nahm er sich sofort zusammen und es tat ihr ein wenig Leid. Sie nahm sich vor, heute netter zu ihm zu sein und fasste ihn am Ärmel seines wie maßgeschneidert wirkenden Jacketts. "Kommen Sie, wir wollen nicht im Weg stehen."

Außerdem, dachte sie, wenn die Person, die Frau Sembach ins Jenseits befördert hatte, es wie einen Badeunfall aussehen lassen wollte und ihr wirklich im Tee irgendwelche Medikamente verabreicht hatte, dann hatte sie die Tasse doch sicherlich ausgewaschen. Aber nicht jeder Mensch, sinnierte sie weiter, ist doch in solcher Situation so kaltblütig, an alles zu denken.

"Jedenfalls belegt die Zuckerdose auf dem Tablett, dass sie Besuch hatte. Sie nahm wegen ihrer Diabetes Süßstoffpillen in ihren Tee und der Behälter stand im Schrank."

Peter Baumann, groß, dünn, die Gestalt von schlaksiger Jungenhaftigkeit, trat zu ihnen: "Nelli, soweit ist sie fertig, können die Jungs sie jetzt mitnehmen?"
"Von meiner Seite ja," sagte die Ärztin auf Nellis fragenden Blick.
Sie sahen zu, wie die beiden Träger den Zinksarg hereintrugen, die tote Frau Sembach in eine Plastikhülle legten und den Reißverschluss hochzogen, bevor sie den Zinksarg schlossen. Traurig dachte Nelli daran, wie sie ihnen den Sherry angeboten und ihnen voller Stolz die Musikanlage gezeigt hatte.
"Tja, soviel kann ich Ihnen sagen, Rigor mortis bis über den Nacken und die Extremitäten ungefähr bis zur Hälfte, aber man muss berücksichtigen, dass sie im warmen Wasser lag, also verzögert, jetzt kann ich nur über den Daumen gepeilt sagen, sie ist zwischen 10 und ca 16 Stunden tot, Genaueres nach der Obduktion," sagte Dr. Bönisch und verabschiedete sich. Nelli, die alle Obduktionsberichte mit dem Pschyrembel daneben studierte, sagte auf Rötters ratlosen Blick hin: "Sie meint die Totenstarre. Kommen Sie, wir fahren jetzt auch."

Es war nicht leicht, die alte Frau umzubringen! Wirklich nicht! Natürlich werden sie auch merken, dass sie nicht einfach so in der Wanne ertrunken ist, das ist mir klar, aber ich war völlig fertig, konnte nicht mehr klar denken. Sie werden sowieso zwei und zwei zusammenzählen; sie war eine wichtige Zeugin! Hauptsache, sie hat nicht gelitten. Und ich glaube, das hat sie nicht, das Rohypnol in ihrem Tee hat sie umgehauen. Sie in die Badewanne zu heben, war ganz schön anstrengend und in Zeitdruck war ich auch.

Aber was für ein Glück hatte ich doch. Schon im zweiten Haus, in dem ich nachfragte, hatte ich sie gefunden!

Die Leute sind so leicht zu täuschen. Wenn man als offizielle Person auftritt, glauben sie einem alles!

Ich hatte keinen genauen Plan, ich wusste ja nicht, wer der Zeuge war, ob Mann oder Frau und wo ich ihn bzw. sie finden würde. Hatte mir nur spontan die Tabletten und das Skalpell eingesteckt. Ich musste also vor Ort improvisieren und dass die arme, alte Frau im Begriff war, ein Bad zu nehmen, kam mir sehr gelegen. Mit den Tabletten allein war die Sache nicht sicher und so lange konnte ich auch nicht auf die Wirkung warten. Zum Glück musste ich nicht ihren Kopf unter Wasser drücken, das wäre furchtbar gewesen, nein, ein kleiner Ruck an den Füßen und Kopf und Oberkörper sanken auf den Grund der Wanne. Nur ein schwaches, ein paar Sekunden dauerndes Zucken und sie war still. Sie war zu sehr betäubt, die Tabletten sind sehr stark. Ich bin froh darüber, wirklich, ihr Tod lässt mich nicht kalt, aber was sollte ich denn machen? Anfangs hatte ich Angst, sie würde mich gleich wiedererkennen, obwohl sie mich gar nicht richtig angeschaut hatte. Nachher, als wir uns gegenübersaßen, da hatte sie so einen merkwürdigen Ausdruck im Gesicht. Es war einfach zu riskant. Die übrigen Tabletten kann ich gut selber gebrauchen, um nachts die Gespenster zu verjagen. Manchmal möchte ich *laut herausschreien, aber das geht ja nicht. Meistens komme ich ganz gut damit zurecht mir einzubilden, dass alles in Ordnung ist, seinen gewohnten Gang geht, dass sich nichts verändert, denn das ertrage ich nicht.*

*

Nelli saß in ihrem Büro und blickte träumerisch aus dem offenen Fenster mitten in die weißen Blütenkronen des alten Kastanienbaums. Sie hatte Mühe sich zu konzentrieren, denn jedes Jahr im Frühling sehnte sie ihren Sommerurlaub herbei. Sie nahm ihren Urlaub gern in einem Stück und ließ nur einige Tage für unvorhersehbare Dinge übrig, eine mögliche Krankheit ihres Vaters etwa oder auch einen Tag Auszeit für sich selbst, um ihre Illusionen und Wünsche langsam wieder neu aufzubauen, wenn alles wieder einmal so aussah, als ob nie eine Veränderung in Sicht wäre. Dann wurde sie zickig und unausstehlich im Dienst und dann unterliefen ihr auch mehr Fehler. Die Kollegen schauten sie verwundert von der Seite an, denn sie kannten sie meist ausgeglichen und heiter und sie wusste dann, es war Zeit für einen Urlaubstag außer der Reihe. Gut, dass ihr das nur passierte, wenn langweiliger Routinekram zu erledigen war und sie keine interessanten Fälle verfolgen musste wie die Fälle Brinkmann und Sembach, die eigentlich nur einer waren, denn der Tod der alten Frau Sembach war die Folge von Sabine Brinkmanns tödlichem Autounfall, so viel stand für sie fest. Und doch konnten sie bisher keine Beweise für ein Fremdverschulden erbringen. Die einzige Zeugin, die gesehen hatte, dass Sabine Brinkmann absichtlich überfahren wurde, war tot; folglich war es Unfall mit Fahrerflucht. Im Magen von Frau Sembach wurde zwar eine hohe Dosis Betäubungsmittel gefunden und Druckstellen an ihrem Körper, aber nichts deutete darauf hin, dass sich eine zweite Person zur Zeit ihres Todes in der Wohnung befand. Ein Unfall oder Selbstmord also, was beides völliger Quatsch war, das wusste sie. Frau Sembachs Tochter war außer sich gewesen und schloss diese beiden Möglichkeiten völlig aus. Dreimal war sie bei Nelli im Büro gewesen und hatte ihr die Hölle heiß gemacht. Aber trotz sorgfältigster Spurensicherung wurde nichts in der Wohnung der alten Frau gefunden. Das Herumwühlen in Sabine Brinkmanns Vergangenheit brachte auch nichts Aufsehenerregendes hervor. Sie war Einzelkind, wuchs behütet und beschützt heran; nach dem frühen Tod der Mutter schloss sie sich noch enger an den Vater an. Sie war eine ehrgeizige und zielstrebige Studentin gewesen und eine kompetente Ärztin auf der Hals-Nasen-Ohrenstation im Marienkrankenhaus und sie stand kurz vor ihrem Facharztabschluss. Schön, sie war nicht besonders beliebt auf der Station gewesen, aber eine erfolgreiche, attraktive Frau, die kurz vor ihrer Heirat mit einem blendend aussehenden Arzt steht, der der Schwarm der meisten Frauen und vielleicht auch einiger Männer in dieser Klinik ist, hatte selbstverständlich ihre Neider. Nelli selbst hätte die Frau glühend beneidet, wenn sie nicht in einem Kühlfach der Pathologie liegen würde und sie nicht wie immer in diesen Fällen Trauer über den gewaltsamen Tod eines Menschen, noch zumal eines so jungen Menschen, empfunden hätte. Die früheren Männerbekanntschaften der Brinkmann hatte sie mit Rötter und Baumann untersucht, doch es war kein gekränkter Liebhaber oder verzweifelter Verflossener darunter gewesen. Alles war hoffnungslos normal und, wie Nelli fand, sogar etwas langweilig im Leben der Ärztin gewesen. Der verschwundene Laptop hatte ihr einiges Kopfzerbrechen bereitet, aber nach Aussagen des Klinikpersonals wurde viel geklaut. Leute zogen sich einen weißen Kittel über und spazierten einfach in die Patientenzimmer, die oftmals leer waren, weil die Kranken zu Untersuchungen waren. Auch die meisten Arztzimmer waren nicht abgeschlossen, das ließ sich einfach nicht praktisch bewerkstelligen, denn das Pflegepersonal musste ständig dort ein und aus gehen. Unregelmäßigkeiten bei den Ärzten, der Geschäftsleitung und dem Pflegepersonal ließen sich keine feststellen, was Nelli fast persönlich enttäuschte, denn sie hatte nur mit größter Mühe einen richterlichen Durchsuchungsbeschluss erhalten können. Wenn sich in den nächsten zwei Tagen nichts ergab, musste sie ihre Leute von dem Fall, der sich bisher als keiner herausgestellt hatte, abziehen, es waren schließlich noch andere Sachen parallel zu bearbeiten, wie der Banküberfall mit Geiselnahme in der Wilmersdorfer

Straße oder die Messerstecherei mit tödlichem Ausgang in einer Diskothek.

Die Tür wurde aufgerissen und Rötter in einem schwarzen Anzug und die kleine Polizeischülerin Anja Buschkau kamen herein.

"Uff", stöhnte Rötter und ließ sich auf seinen Stuhl fallen, "jetzt erst mal einen Kaffee, es war furchtbar, der alte Brinkmann wäre zusammengebrochen, wenn seine Sprechstundenhilfe oder wie auch immer das heißt, ihn nicht gestützt hätte. Der arme Mann hatte ständig Weinkrämpfe und sah aus wie hundert. Der schöne Dr. Scholl saß während der Trauerrede, die wirklich bewegend und schön war, wie eine Marmorstatue zwischen seiner Mutter und Schwester und auf dem Weg zum Grab nahmen ihn die beiden Frauen wieder in die Mitte und hakten sich bei ihm links und rechts ein, komisch, nicht? Als ob sie ihn beschützen wollten."

"Was ist denn daran komisch? Das war die Frau, die er liebte und heiraten wollte! Das ist doch normal, dass die Familie ihn bei der Beerdigung unterstützt," rief Nelli, indem sie zwei Becher mit Kaffee aus der großen Thermoskanne für die beiden füllte.

"Ihr habt also nichts Auffälliges bemerkt, nein? Waren viele da?"

"Oh ja," meinte Anja, "bestimmt an die siebzig Leute oder so, allein die vielen Kollegen aus dem Krankenhaus."

Sie schlürfte aus ihrem Kaffeebecher und verschluckte sich fast. "Das ist ja das reinste Gift! Ist etwas Milch da?"

"Sieh mal im Kühlschrank nach," sagte Nelli, "morgen könnt ihr zwei gleich noch mal eure Leichenbittermiene aufsetzen und zu Frau Sembachs Beerdigung gehen."
"Oh nein, Frau Franke," seufzte Rötter, "muss das sein? Kommen Sie dann mit?" fügte er hoffnungsvoll hinzu.
Nelli, die seit dem Tod ihrer Mutter sich vor Beerdigungen drückte, wo es nur ging, wehrte energisch ab: "Ich hab was anderes zu tun." Das fehlte mir gerade noch, dachte sie, mit Schaudern kamen ihr die Friedhofsgänge mit ihrem Vater in den Sinn, die sie jeden zweiten Sonntag zum Grab der Mutter pflichtschuldig mit ihm absolvierte. Für sie lag die Mutter nicht unter dem hellgrauen Stein, sondern lebte als Schatten in der elterlichen Wohnung weiter, die mit vielen Dingen wie einzelnen Kleidungsstücken von ihr, Puderdosen, Heften, in denen sie etwas notiert hatte, und vor allem vielen Fotos in Silberrahmen, hinter Glas, aufgeklebt auf mit Stoff überzogene Papptafeln überall verteilt waren. Seltsamerweise empfand sie das nicht als überzogenen Totenkult, sondern als tröstliche mütterliche Anwesenheit und die regelmäßigen Friedhofsgänge des Vaters mit frischen Blumen für das Grab brachten ihr die Endgültigkeit des Todes stets erneut zu Bewusstsein.
"Ich hätte gar nichts anzuziehen," sagte sie zu Rötter, völlig von der Gleichgültigkeit dessen überzeugt, was sie trug, "aber Ihnen steht der schwarze Anzug einfach super gut." Und sie schnippte mit den Fingern ein imaginäres Stäubchen von seinem Jackett.

Sie versprach sich nichts von der morgigen Beerdigung Frau Sembachs. Es war üblich, dass ein oder zwei Polizeibeamte daran teilnahmen, wenn es sich personalwirtschaftlich verantworten ließ. Es war also abzusehen, dass sie die Akte erst einmal schließen und sich dringlicherer Arbeit zuwenden mussten und mit leisem Bedauern dachte Nelli an den attraktiven Markus Scholl, da ergab sich, es waren vielleicht zwei Wochen nach der Beerdigung vergangen, ein kleiner Vorfall, der ihr die Rechtfertigung zu weiterer Ermittlung lieferte. Sie hatte der kleinen Anja Buschkau aufgetragen, über die Hauptbeteiligten des Falles im Polizeicomputer zu recherchieren, doch sie war wegen einer schweren Bronchitis krankgeschrieben gewesen und nun holte die eifrige Polizeischülerin das Versäumnis nach. Da kam die Praktikantin mit roten Backen aufgeregt zu ihr: "Wissen Sie, dass Dr. Scholl schon einmal eine Freundin hatte, die unter ungeklärten Umständen zu Tode gekommen ist?" Sie reichte Nelli einen Computerausdruck.
"Und zwar eine Melanie Schuster, vor drei Jahren. Sie besichtigte mit ein paar Leuten die neue Kuppel oben auf dem Reichtagsgebäude, ging zu nah an den Rand und......halten Sie sich fest, stürzte hinunter. Ist das nun fernsehreif oder was?"
Nelli, die noch nicht die Kuppel besichtigt hatte, weil die langen Warteschlangen von Touristen sie bisher abgeschreckt hatten, fragte: "Ja, ist denn das da oben nicht abgesichert? Ich weiß, dass man sich zum Beispiel vom Funkturm nicht hinunterstürzen kann, der ist ganz

oben mit einer Art Zaun umgeben, kein Objekt für Selbstmörder also."
"Ich weiß nicht, wie es jetzt ist," sagte Anja, "aber damals, kurz nach der Fertigstellung der Kuppel und nachdem sie freigegeben wurde zur Besichtigung, muss da nichts gewesen sein. Es gibt da oben ein kleines Café, da wollten sie hin, Melanie Schuster und drei Bekannte, die aus ihrer Heimatstadt Wuppertal kamen, um sie in Berlin zu besuchen. Sie führte sie ein bisschen herum, zeigte ihnen Sehenswürdigkeiten und so, unter anderem den Reichstag. Sie bewunderten die Aussicht und Melanie ging zur anderen Seite hinüber, sie behauptete, man könne von hier das Haus sehen, in dem sie wohnte. Eine Gruppe von japanischen Touristen kam gerade auf die Plattform und trennte sie von den Freunden. Kurz darauf hörten sie einen Schrei, erst brachten sie ihn nicht mit Melanie in Verbindung, aber als sie sie oben nicht finden konnten und sich unten ein Menschenauflauf bildete, wurden sie mit dem schrecklichen Ereignis konfrontiert. Sie soll sofort tot gewesen sein. Irgendwelche Selbstmordabsichten bei Melanie haben sie und übrigens auch Markus Scholl entschieden negiert."
Stolz hatte Anja das alles hervorgesprudelt und Nelli spendete ihr gebührend Lob. "Und nun die Kardinalfrage," sagte sie genüsslich, "wo war der schöne Markus zur Zeit des tödlichen Sturzes?"
Anja tippte auf eine Stelle im Bericht: "Auch damals war er im Marienkrankenhaus bei der Arbeit und zwar

machte er gerade eine äh....hier steht es, eine Laparoskopie."

"Eine Bauchspiegelung, aha", sagte Nelli nachdenklich, "also mehrere Zeugen, die das bestätigen können, nicht wahr? Diese Parallelität der Ereignisse ist mir irgendwie nicht geheuer, was sagt ihr dazu?" Sie sah Anja und Rötter, der von seinem Schreibtisch her die ganze Zeit gespannt zugehört hatte, an.

"Wenn ich diesen Kram hier erledigt habe, werde ich noch mal Dr. Scholl aufsuchen und ein wenig insistieren. Nein, Rötter, das mach ich alleine", winkte sie ab, "wir beide werden jetzt weiter an diesem Bankraub arbeiten, kommen Sie bitte mit zum Verhörzimmer."

Als Nelli um halb vier in ihrem Toyota zum Marienkrankenhaus fuhr, blieb sie auf dem Parkplatz vor der Klinik noch fünf Minuten sitzen, um ihr Make-up aufzufrischen. Sie nahm ihr Haarband heraus und bürstete ihr braunes oder dunkelblondes Haar, je nach Betrachtungsweise, so lange, bis es locker und wolkig um ihren Kopf schwang. Gut, dass sie es gestern Abend gewaschen hatte. Hätte sie gewusst, dass sie heute diesen attraktiven Mann noch einmal sprechen würde, hätte sie sich etwas besser angezogen und nicht diese schwarze Jeans genommen, die schon ganz ausgeblichen vom vielen Waschen war. Himmel, dachte sie plötzlich, wenn die Kollegen wüssten, in welcher sinnlosen Eitelkeit sie hier schwelgte. Wütend griff sie zum Haarband und zwirbelte, ohne in den Spiegel zu sehen, ihr Haar wieder zu einem Pferdeschwanz zusammen, griff sich ihre große Umhängetasche und stieg aus.

Während sie aus dem Fahrstuhl im zweiten Stockwerk stieg und die internistische Station ansteuerte, sah sie Markus Scholl gerade aus einem Zimmer treten und sie zerrte hastig den Gummi wieder aus dem Haar, wobei sie versuchte, mit gespreizten Fingern etwas Form in ihre widerspenstige Mähne zu bringen. Er sah wieder umwerfend aus, wie Robert Redford, dem Film *Jenseits von Afrika* entstiegen. Allerdings trug der keinen weißen Arztkittel, dachte sie gleich darauf wieder nüchtern, konnte aber dennoch ein leichtes Erröten nicht verhindern, als sie auf ihn zutrat und ihn ansprach.

"Dr. Scholl, entschuldigen Sie bitte, Franke, Kripo, Sie erinnern sich noch?", fügte sie hoffnungsvoll hinzu.

Er richtete seinen zerstreut freundlichen Blick auf sie und sie sah Erkennen in seinem blauen Blick aufleuchten. Er streckte ihr mit berufsmäßiger Freundlichkeit die Hand entgegen: "Frau Franke, natürlich....,Sie haben herausgefunden, wer Sabine getötet hat?"

"Leider nicht, Doktor Scholl, aber es haben sich noch einige Fragen ergeben, die ich Ihnen gern stellen würde. Hätten Sie einige Minuten Zeit für mich?"

"Selbstverständlich. Es gibt hier eine Kantine, wollen wir das dort bei einem Kaffee besprechen?"

Solange du willst, dachte Nelli, während sie ihm folgte, wobei er sich vorher altmodisch ihrer Erlaubnis versichert hatte, voranzugehen, da sie den Weg nicht kannte.

Sie saßen sich am Ende eines langen Tisches gegenüber und nippten vorsichtig an dem kochendheißen Kaffee, der in den dicken, krankenhausüblichen Pötten nur langsam abkühlen würde.
"Ich möchte gleich zur Sache kommen, Doktor Scholl", begann Nelli und beobachtete sorgfältig seine Augen und Hände, "warum haben Sie mir nichts von Melanie Schuster erzählt?"
Sein Blick flackerte nicht und seine Hände mit den schlanken aber kräftigen Fingern blieben absolut ruhig um den Kaffeebecher gefaltet. Seine Stimme klang traurig, als er sagte: "Melli hat mir viel bedeutet, ich hatte sie sehr gern. Ich habe diese...Tragödie einfach verdrängt, verstehen Sie?"
"Wollten Sie und Melanie heiraten?"
"Nein, so ernst war es nicht, es war nicht so wie mit Sabine, aber wir waren schon fest befreundet und wollten zusammenziehen."
Er nahm einen Schluck Kaffee, ließ seinen Blick über die anderen Leute in der Kantine schweifen, viele waren es nicht, einige im weißen Kittel, die sich damit als zum Krankenhauspersonal zugehörig erwiesen, ein paar Besucher, die mit Patienten in Bademänteln sprachen.
Er sah ihr wieder in die Augen: "Ich verstehe den Zusammenhang nicht, Frau Franke, was hat denn Melanies Tod mit Sabine zu tun?"
Sie holte tief Luft: "Zwei Freundinnen von Ihnen, die unter ungeklärten Umständen ums Leben gekommen sind, das finden Sie nicht auffällig?"

"Zufall, was denn sonst. Dass Sie natürlich etwas anderes wittern, liegt bei Ihrem Beruf ja nahe." Er sah ihr sehr eindringlich und tief in die Augen und ihr wurde etwas schwindlig. Dann war der Augenblick vorbei und er sagte nüchtern und kühl: "Aber wenn Sie das Schwein finden, das Sabine überfahren und einfach liegengelassen hat, wäre ich froh, glauben Sie mir."

"Ich halte es weiterhin nicht für einen Unfall mit Fahrerflucht, und auch der Tod der einzigen Augenzeugin war weder ein Unfall noch Selbstmord. Das ist einfach Quatsch!", sagte Nelli böse und stand so abrupt auf, dass ihr Stuhl quietschend über den gekachelten Boden scharrte. "Es fehlen mir die Beweise und vor allem: ein Motiv!" Sie war ziemlich laut geworden und einige der weißen Kittel sahen zu ihnen hin.

Erschrocken sprang er an ihre Seite und fasste leicht an ihren Unterarm.

"Ich habe lange darüber nachgedacht, aber ich kann niemand finden in Sabines Umkreis, ihren Bekannten und Kollegen, der ihr Böses wollte. Sie war so beliebt. Alle freuten sich doch, dass wir bald heiraten würden." Ach, bist du naiv, dachte Nelli. "Es ist so", sagte sie, "offiziell ist der Fall abgeschlossen; solange sich keine neuen Anhaltspunkte ergeben, darf ich keine Leute mehr dafür abstellen. Wir haben genug andere Arbeit und Sie wissen ja sicher über den Personalabbau im öffentlichen Dienst Bescheid. Ich weiß jetzt schon nicht, wann ich jemals meine vielen Überstunden abbummeln soll".

"Sagen Sie, gehen Sie gerne essen? Ich würde mich gern mal länger mit Ihnen unterhalten, über Sabine und so.....", sagte er vage, "die anderen wollen mich immer ablenken und wechseln das Thema, ich kann mit niemandem so richtig über sie sprechen und ihr Vater weint nur, auf ihn muss man Rücksicht nehmen, also, wenn Sie mal etwas Zeit hätten, würde ich Sie gerne einladen."

Nelli wurde heiß und sie versuchte mit aller Macht, ihre aufsteigende Röte zurückzuhalten, gleichzeitig überschlug sie in Gedanken, dass sie noch ein, zwei Kilo abhungern könnte, wenn sie das Treffen Ende nächster Woche vorschlug. Vorher stand allerdings noch ihr Geburtstag an, wo sie auf keinen Fall Diät halten konnte, denn abends hatte sie ihren Vater zu ihrem gemeinsamen Lieblingsitaliener eingeladen und sie hatte nicht vor nur Salat zu essen, schließlich hatte sie nur einmal im Jahr Geburtstag. Sie kratzte die Reste ihres Selbstbewusstseins zusammen und blickte Markus Scholl direkt in die tiefblauen Augen: "Wie wäre es übernächsten Sonnabend, 20 Uhr? Meine Freundin hat mir abgesagt, sie ist krank", log sie unverfroren.

"Okay", sagte er etwas überrascht, "schreiben Sie mir Ihre Adresse auf, ich hole Sie ab".

Später sollte sich Nelli fragen, so oft sie voller Scham an diese, wie sie sie insgeheim nannte, "Vorbereitungszeit", zurückdachte, was sie sich eigentlich dabei gedacht hatte, fast zwei Wochen damit zuzubringen, in Wunschträumen zu schwelgen und sich psychisch und körperlich darauf vorzubereiten, einen Mann dazu bringen oder vielmehr zwingen zu wollen, von ihr hingerissen zu sein.

Das Ergebnis dieses Bemühens, ein freudloses Umarmen in fast völliger Finsternis- nur ein bleicher Mondstrahl bahnte sich einen Weg durch den Seitenschlitz der Jalousie hindurch- rechtfertigte nicht die körperliche Schinderei, der sie sich unterzog und die mangelnde Konzentration auf ihre Arbeit. Täglich lief sie eine halbe Stunde durch den kleinen Park, der sich nicht weit von ihrer Wohnung befand. Sie lief sehr schnell und joggte nicht, denn sie wusste, dass sie keine Zeit für ein aufwändiges Trainingsprogramm hatte; ungeübt, wie sie war, hätte sie mit 2 oder 3 Minuten anfangen müssen. So ging sie einfach langsamer, wenn sie vom schnellen Gehen atemlos wurde und hoffte, auf diese Weise ihren Stoffwechsel dahingehend beeinflussen zu können, mehr Fett zu verbrennen. Auf ihrem Speiseplan stand fast nur fettarmer Joghurt und Salat, den sie normalerweise verabscheute, und alle drei Tage ein Steak. Nur zwei Mal wurde sie schwach und stopfte sich einen Marsriegel in den Mund, danach hastete sie zur Toilette und spuckte den klebrigen Brei ins Klo, bevor sie etwas hinunterschlucken konnte. Sie hatte sich einen schwarzen Hosenanzug in einer Boutique gekauft. Er war italienischer Herkunft, von einer unaufdringlichen Eleganz und sehr teuer und sie musste ihren Körper in seine Größe hineinformen. Mit einem gesunden, natürlichen Selbstbewusstsein in ihrem Beruf und den

meisten Verrichtungen des Alltags gesegnet, wurde Nelli zuweilen von einer verzagten Schüchternheit befallen, wenn sie glaubte, andere würden für sie selbst sofort ins Auge fallende Nachteile in ihrer äußeren Erscheinung entdecken. Die arrogante, magersüchtige Verkäuferin schaute hochmütig an ihr herab, als sie den Stoff des Hosenanzugs befühlte und nach dem Preisschild schielte, so dass sie sich nicht mehr traute, ihn für sich zu beanspruchen, sondern mit so sicherer Stimme, wie sie konnte, erklärte, er wäre ein Geburtstagsgeschenk für ihre Freundin.
"Meine Freundin ist zwar schlanker als ich, aber wegen der Wirkung würde ich ihn schon gern mal anprobieren."
Mit einem Lächeln versuchte sie sich anzubiedern und verschwand hinter dem hellblauen Samtvorhang. Ein Phänomen aller Spiegel in Umkleidekabinen war, dass ein Körper, der zu Hause vor dem Kleiderschrankspiegel noch ganz passabel aussah, sich in eine verquollene aufgeschwemmte Masse mit grauer Haut verwandelte. Mutlos und vor lauter Angst, die Verkäuferin könne hineinschauen, zog sie hastig die Hose herunter. Der Knopf hatte sich unter Mühen schließen lassen, der Reißverschluss ging aber nicht zu. Dieser Fettwulst, der da aus dem klaffenden Hosenschlitz lugte, musste also abgehungert werden. "Und gefällt er Ihnen? Zeigen Sie doch mal", die Dünne in dem bauchfreien hautengen Top schaute herein, aber da hatte sie schon wieder ihre bequeme Karottenjeans hochgezogen und sagte: "Meiner Freundin wird er *wahn*sinnig gut stehen, das weiß ich

jetzt schon, würden Sie bitte das Preisschild entfernen", sagte sie , während sie nach einer ihrer Kreditkarten kramte. "Diesen Preis haben sie höchstens in Outlet-Stores", sagte die Verkäuferin, während sie den Anzug in eine schicke Hochglanztüte mit langen Henkeln packte. "Ja, ich weiß", sagte Nelli obenhin, die keine Ahnung hatte, wovon die Superdünne sprach. Draußen ärgerte sie sich ausgiebig darüber, wie sehr sie sich hatte einschüchtern lassen. In einem Kaufhaus belastete sie ihr Konto noch mehr, indem sie einen Formbody kaufte, der sie derart einzwängte, dass sie nach Luft schnappen musste. Nun, wenn sie ein paar Kilos abgespeckt hatte, würde er genau richtig passen. Heute, an ihrem sechsunddreißigsten musste es die dunkelblaue bequeme Hose tun und die weiße Seidenbluse, die locker bis über die Hüften fiel. Erfreut stellte sie fest, dass die Hose nicht so eng saß wie beim letzten Mal. Zum Dienst hatte sie selbstgemachtes Tiramisu mitgebracht, von dem sie sich auch ein winziges Stück genehmigte, dazu gab es Kaffee, denn seit Jahren schon war im öffentlichen Dienst jeglicher Alkohol untersagt, was bei einigen doch ein leichtes Bedauern auslöste. Die Kollegen hatten sich versammelt, stimmten ein *Hoch soll sie leben an* und prosteten ihr mit ihren Kaffeebechern zu; sie hatten alle zusammengelegt und Frau Hauschke, die Sekretärin, überreichte ihr „im Namen Aller" ein großes, in gelbes Seidenpapier eingewickeltes Paket mit einer kompliziert gefalteten Schleife in der gleichen Farbe. Gespannt entfernte sie die Verpackung, eine Menge Füllmaterial musste sie noch auf den Boden werfen, um an das eigentliche Präsent zu kommen: ein wunderschönes Kaffeeservice für sechs Personen aus schimmerndem, cremeweißen Porzellan mit schmalem Silberrand. Gerührt blickte Nelli in die Runde.

„Kinder, ich danke euch allen, ich finde es sehr, sehr schön, genau das hätte ich mir auch ausgesucht," wenn ich nicht schon zwei komplette für zwölf Personen hätte, dachte sie, freute sich aber trotzdem sehr. Die Hauschke hatte sich große Mühe gegeben, Geld zu sammeln und etwas wirklich Schönes auszusuchen.

Rötter drängte sich nach vorne, er überreichte ihr einen großen Blumenstrauß, betäubend duftende Lilien mit gelben Rosen, in dem eine Geburtstagskarte steckte, auf der alle unterschrieben hatten. Leider verdarb er Nelli die Freude, als er mit einer angedeuteten Verbeugung schleimte: „für eine großartige Kollegin, von der sich noch viel lernen lässt."

Sie konnte ihren Toyota direkt vor der Wohnung ihres Vaters parken, wo gerade ein Platz freigeworden war. Sie hatte ihn zum Essen bei ihrem gemeinsamen Lieblingsitaliener eingeladen, zu dem eigentlich auch Lilli kommen sollte; die Ärmste lag jedoch mit einem schweren grippalen Infekt im Bett. Als sie Nelli heute früh anrief, konnte sie ihre Gratulation und guten Wünsche nur krächzen vor Heiserkeit.

Nelli hatte zwar immer wieder versucht, ihren Vater zum Umzug in eine kleinere Wohnung zu überreden, war aber bisweilen doch froh, in ihr altes Zuhause zu kommen. Nur wenige Möbelstücke waren ausgetauscht worden, der Vater schlief immer noch im alten Ehebett, auf der rechten, leeren Seite lag umgeschlagen die Tagesdecke und unter dem Kopfkissen stets ein frisches Nachthemd der Mutter. Nur wenige Menschen wussten davon und fanden es glücklicherweise nicht morbide, sondern rührend und Nelli auch ein klein wenig romantisch, auch wenn sie sich manchmal wünschte, dass er eine Frau kennen lernen und mit ihr eine Beziehung hätte. Da sie keine Geschwister hatte, fühlte sie sich allein für ihn verantwortlich. Oh Gott, dachte sie leicht erschrocken, ist es schon soweit, dass ich als Tochter für meinen Vater die Verantwortung übernehmen muss, hat sich das jetzt schon umgekehrt zwischen Eltern und Kindern, ist das in unserem Fall schon so? Nein! entschied sie für sich. Mein Vater ist mit seinen 75 Jahren überhaupt noch nicht senil, höchstwahrscheinlich treibt mich die Angst davor an. Wenn ich sehe, wie die arme Lilli ihre Eltern versorgen muss, die beide schon Pflege benötigen. Zwar kommt zweimal am Tag jemand von der Sozialstation, aber Lilli hat noch mehr als genug Arbeit mit ihnen. Jetzt, wo sie krank im Bett lag, mussten ihre halbwüchsigen Kinder einen kleinen Teil dieser Aufgaben erledigen, Nellis Mann hatte sich geschickt jeder Verantwortung entzogen und wieder einmal tröstete sich Nelli mit dem Gedanken lieber keinen Ehemann zu haben als so einen.

Melchior Franke drückte seine Tochter so fest an sich, dass sie sich atemlos freimachen musste. „Papa, lass mich leben", japste sie lachend. „Nun komm, jetzt gibt es dein Geschenk", er fasste ihre linke Hand und führte sie ins Wohnzimmer, wo mitten im Raum ein riesiger Flachbildfernseher stand, locker mit einer roten Seidenschleife geschmückt.

„Papa, du musst verrückt sein, der muss doch ein Vermögen gekostet haben", dabei strahlte sie übers ganze Gesicht.

„Wie soll ich denn mein Geld sonst ausgeben, wenn nicht für dich! Meinst du, er passt in deinen Kofferraum? Die Verpackung hab ich natürlich aufgehoben". Er ging ins Schlafzimmer und kehrte mit Noppenfolie und einem riesigen Karton zurück. Nelli hätte ihr Geschenk am liebsten gleich angeschlossen und ausprobiert, aber ein Blick auf die Uhr sagte ihr, dass die Restaurantreservierung in 10 Minuten abgelaufen sein würde und so drängte sie zur Eile.

Zur Feier dieses besonderen Tages leistete sie sich ein Steak, aber keine Pommes frites dazu, sondern nur Salat und ein kleines Stückchen Brot. Der Vater schaute zwar etwas verwundert, sagte aber nichts. Nach dem reichlichen Fleischgenuss war sie endlich mal wieder richtig satt, und es wurde ein vergnügter Abend.

Je näher der Tag der Verabredung rückte, desto öfter erlaubte sie sich eine kurze pubertäre Tagphantasie (ohne sie hätte sie ihre Diät nicht durchgehalten), so dass sie zuweilen eine leicht abwesende Art zeigte, die die Kollegen sonst nicht an ihr kannten, und einiges erledigte sie oberflächlicher als üblich, allerdings nicht ohne den Überblick zu verlieren. Ein Mann, der seine Frau und deren Liebhaber aus Eifersucht erstochen hatte, gab lammfromm alles zu, nachdem er sich mit seiner blutigen Tat konfrontiert sah und sie überließ weitgehend Rötter die Vernehmung, damit sie noch zum Friseur gehen und den abendlichen schnellen Spaziergang absolvieren konnte.

Am Sonnabend früh, am Tag ihres *Dates*, wie sie es schmunzelnd bei sich nannte, stieg sie in ihrem Badezimmer auf die Waage und stellte mit tiefer Befriedigung fest, dass sie drei Kilo weniger wog als vor zwei Wochen. Bis heute Abend würde sie nur ein paar Löffel fettarmen Joghurt und höchstens eine Banane zu sich nehmen, um sich dann endlich wieder einmal richtig satt zu essen. Als sie eine Stunde vorher in den schwarzen Hosenanzug stieg, der Formbody hatte noch vorhandene Speckröllchen man weiß nicht wohin gedrückt, saß er eng und schmiegsam auf der Haut und sie konnte sich sogar vorsichtig bewegen. Nelli fühlte sich glücklich. Es ging also mit der Diät und dem Training, wenn man nur ein lohnendes Ziel vor Augen hatte. Es machte zwar durchaus keinen Spaß, sich so zu kasteien, aber wenn sie jetzt in den Spiegel sah, war sie seit langem einmal wieder mit ihrem Aussehen zufrieden. Ihr dunkelblondes Haar war mit rötlichen Strähnchen aufgepeppt worden und der furchtbar teure Haarschnitt ließ ihr Gesicht viel schlanker erscheinen. Sie hatte viel Zeit und Mühe auf ein sorgfältiges Make-up verwendet und nahm ihr Gesicht leicht verfremdet wahr, wenn auch wesentlich attraktiver. Da sie noch fast eine Stunde Zeit hatte, sich aber nicht mehr umziehen wollte, saß sie steif und aufrecht im Sessel; sie versuchte die Tageszeitung zu lesen, fand aber keine Konzentration und nun machte ihre Blase Stress und sie musste andauernd pinkeln gehen.

Markus Scholl holte sie mit zehnminütiger Verspätung ab, wofür er sich mehrmals entschuldigte. Er hatte sie zwei Tage vorher angerufen und gefragt, ob er in einem japanischen Restaurant, das er kenne und empfehlen könne, reservieren solle und Nelli, die Fisch verabscheute, hatte hastig erklärt, sie wäre in letzter Zeit so oft mit Freunden japanisch essen gewesen, auch sehr, sehr gut, wirklich, dass sie nun Appetit auf etwas anderes hatte.

Neugierig blickte sie in dem Lokal am *Prenzlauer Berg*, das den Namen eines russischen Schriftstellers trug, umher. Sie hatte schon davon gehört und sich immer vorgenommen hinzugehen. Vor dem Mauerfall hatten hier Künstler aus Ostberlin verkehrt. Auf einem flachen Podium stand ein Klavier und ein etwa 35-jähriger Mann mit melancholisch osteuropäischen Gesichtszügen phantasierte über ein Thema von *Debussy*. Auf den Tischen standen Kerzen in gusseisernen Haltern und die nostalgischen Wandlampen reflektierten das Licht auf den dicht an dicht stehenden Schnapsflaschen hinter der Theke. Das Lokal hatte sich etwas von der plüschigen Gemütlichkeit des Ostens bewahrt und Nelli fühlte sich sofort wohl. Sie straffte ihren Oberkörper, streckte bewusst ihren Hals so lang wie möglich und reckte das Kinn nach oben. Sie ging mitten durch das Lokal zu ihrem Tisch. Die Männer schauten sie an, einige wandten den Kopf halb nach ihr um. Befriedigt und auch leicht verächtlich registrierte sie es. Was ein bisschen Fassade, Farbe und eine deutlich schlankere Silhouette ausmachten! Im Allgemeinen wurde sie nur von gleichgültigen Blicken höchstens gestreift, ja, kaum wahrgenommen, so dass sie zuweilen dachte: bin ich denn unsichtbar?

Aber auch die Frauen betrachteten Nelli interessiert, denn bei einem so attraktiven Mann in ihrer Begleitung musste wohl mehr an ihr sein als sie vermuteten. Nelli genoss es sehr.

Bei der jungen Kellnerin, die eine lange schwarze Schürze über den Jeans trug, bestellte Markus Piroggen, welche er Nelli empfohlen hatte, und eine Flasche *Cotes du Ventoux*. Als Nelli die mit Fleisch gefüllte Pastete auf ihrem Teller sah, hatte ihr ausgehungerter Körper bereits ein Stadium erreicht, wo er sie auf schwindeligen Höhen schaukeln ließ und im Taumel dieser eingebildeten Glückseligkeit gaukelte der Magen ihr ein Sättigungsgefühl vor, das sie fast veranlasste ihr Essen nicht anzurühren. Einen Augenblick stellte sie sich vor, sich durch permanentes Hungern in eine ätherische Sylphide zu verwandeln, doch schon weckte der Duft des Essens ihre Sinneslust und sie musste sich zusammennehmen, um nicht gierig darüber herzufallen

und nachdem sie einen Schluck Rotwein genommen hatte, der gut war und ihr sofort zu Kopf stieg, probierte sie vorsichtig ein Stück der Pastete. Es schmeckte ausgezeichnet und sie zwang sich langsam zu essen und jeden Bissen sorgfältig zu kauen. Ausgiebig genoss sie das Dessert, das ein bisschen schmeckte wie ein Mittelding zwischen Mousse au chocolat und Vanillesoufflé. Ihr Gespräch drehte sich anfangs um Essen und Kino, er war ein Liebhaber des französischen Films und Nelli diskutierte lebhaft mit ihm über Luc Godard, Sautet und Chabrol.
"Sind Sie mit Sabine oft ins Kino gegangen?"
Er knetete etwas Weißbrot zwischen seinen Fingern und schaute zur Seite, bevor er nachdenklich in die Flamme der Kerze schaute, die in einem altmodischen Leuchter zwischen ihnen auf dem Tisch stand. "Eigentlich gar nicht so oft, wissen Sie, Sabine hat sich nicht so sehr für Filme und auch nicht für Bücher interessiert, natürlich hat sie ihre Fachliteratur gelesen, aber auch nur das Nötigste, was eben unumgänglich war. Nein, sie war mehr der sportliche Typ. Das hatten wir gemeinsam, den Sport, wir haben zusammen Tennis gespielt, auch Golf und dann natürlich die Pferde, sie hatte seit Jahren ein eigenes Pferd, ich mietete mir eins und so oft es ging, sind wir zusammen ausgeritten. Ja und dann ging sie noch dreimal wöchentlich in den Fitnessclub." Nelli schauderte es, als sie sich die taughe, junge Frau vorstellte.
"Nein," fuhr er fort, "ich bin sehr oft mit meiner Schwester ins Kino gegangen, früher, als sie noch nicht

verheiratet war, wir haben viel gemeinsam unternommen, wir sind nur eineinhalb Jahre auseinander; sie hat auch angefangen Medizin zu studieren, aber nach zwei Semestern aufgehört, weil sie schwanger wurde und Klaus, ihr Mann, hat sie überredet, sich erst einmal um die kleine Familie zu kümmern. Naja und nach Felix kam dann die kleine Lisa und sie ist mit den Kindern vollauf beschäftigt, aber es ist doch schade, sie ist sehr begabt, wissen Sie, ja, meine Schwester gehört zu den Hochbegabten, sie hat zwei Klassen übersprungen, sie glänzte in allem. Meine Eltern haben das nie richtig gewürdigt, ich war immer ihr Liebling, bin es noch," er lächelte sie wie um Entschuldigung heischend an,
"Annette war schon immer sehr still, hat nie viel Aufhebens um sich gemacht; sie wollte in die Forschung gehen und ich versuche sie zu überreden, ihr Studium wieder aufzunehmen. Klaus verdient genug Geld, um eine Hilfe für die Kinder anzustellen, aber Annette sagt, jetzt geht es nicht, der kleine Felix braucht sie. Er ist ein schwieriges Kind, total auf seine Mutter bezogen und nur sie kann mit ihm umgehen. Aber ich denke, sie macht einen Fehler und es wird nie der richtige Zeitpunkt kommen, um an ihre Karriere zu denken."
Nelli hatte ihm aufmerksam zugehört, zwangsläufig musste sie an ihre Freundin Lilli und an ihre eigenen Wünsche denken und sie sagte: "Vielleicht möchte sie ja gar nichts anderes als ihre Kinder erziehen, ganz für die

Familie da sein". "Würden Sie wegen Ihrer Familie den Beruf aufgeben?"
"Ja," sagte Nelli.
Er bestellte noch mehr von dem Wein und als sie eine Stunde später aufbrachen, stellte sie bei sich fest, dass er mehr über seine Schwester als über Sabine gesprochen hatte, und dass sie ganz vergessen hatte ihn über seinen Bruder zu befragen.

Im Bett war er eine Enttäuschung. Sie hatte ihn sich als raffinierten Liebhaber vorgestellt und sie hatte ihn in erregender Vorfreude in ihre Wohnung mitgenommen. Er kam jedoch ohne großes Vorspiel zur Sache und tat danach so, als hätte dieses kurze Intermezzo niemals stattgefunden.
"Wie wäre es jetzt mit der versprochenen Tasse Kaffee?", fragte er. Sie dachte resigniert und ernüchtert an ihre mühseligen Vorbereitungen auf dieses Ereignis, und als er eine halbe Stunde später verschwunden war, glaubte sie erleichtert, dass sie ihn nie wiedersehen würde. Das sollte jedoch ein Irrtum sein.

*

Der Frühling war in einen heißen, staubigen Sommer übergegangen, der selbst für Sonnenanbeter endlos schien und ein Aufatmen ging durch die Stadt, als die erste Hälfte des Septembers sich in goldglänzenden, warmen Tagen unter Abwesenheit der gleißenden, weißen Sommerhitze präsentierte. Es machte Spaß, nachmittags draußen vor dem Café unter buntgestreiften Sonnenschirmen zu sitzen und Cappuccino zu schlürfen und Eis zu schlecken, wenn man die Nerven hatte, die Wespen wegzuscheuchen. Wehmütig wurde festgestellt, dass die Tage schon wieder kürzer wurden und in den Supermärkten tauchten die ersten Schokoladenweihnachtsmänner auf, was Nelli mit Vergnügen sah, denn sie liebte Weihnachten über alles. Längst hatte sie die mühsam abgehungerten paar Kilos wieder auf den Hüften und auch die Strähnchen waren aus ihrem Haar verschwunden, das sie wieder nachlässig hinten zusammengebunden hatte.

"Das hast du mit Thomas Mann gemeinsam, die Liebe zu Weihnachten," sagte ihre Freundin Lilli, die diesen Autor über alle Maßen verehrte und eine Schwäche für die Schriftstellerfamilie und im Fernsehen *Die Manns* gesehen hatte. Sie saßen in Lillis gemütlicher Küche und tranken Kaffee. "Erinnerst du dich an die Szene, wo der jüngste Sohn des Zauberers eine Krippenfigur zerbricht und..."

"Lil, ich hab den Film nicht gesehen, weißt du noch?", unterbrach sie Nelli, die sich herzlich wenig dafür interessierte und es nicht leiden konnte, wenn Lilli ihr immer haarklein alle Filme erzählen musste.

"Ich hab alle drei Filme aufgenommen und die Dokumentationen dazu, kannst du dir jetzt an deinem freien Wochenende reinziehen."

"Soll sie sterben vor Langeweile?" Lillis 14-jähriger Sohn Malte kam in die Küche geschlendert, seine Jeans hingen wie ein Sack an seinem nicht vorhandenen Hintern herunter.
"Ich geb dir *Ring*, beide, den japanischen und das amerikanische Remake, ist nicht mehr ganz neu aber echt geil."
"Hört schon auf, ich will weder das eine noch das andere. Nein, ich werde es mir mit Nachos und Käsesauce gemütlich machen und mir wieder einmal ein paar Filme mit Doris Day und Rock Hudson ansehen."
Malte, der neugierig den Deckel von dem großen, auf dem Herd stehenden Topf hochgehoben hatte, tat so, als müsse er sich erbrechen. "Mir scheint, du bist masichistisch veranlagt, Tante Nelli."
Lilli bugsierte ihren Sohn aus der Küche, "es heißt masochistisch, du Affe, und jetzt hau ab, ich will mit Nelli in Ruhe Kaffee trinken." Sie schloss die Küchentür und klemmte ihm beinahe den Arm ein, denn er hatte sich vorher noch schnell eine Handvoll Schokoladenkekse aus der Packung auf dem Tisch geangelt. Sie strich sich aufatmend das dunkle Haar aus der Stirn, schüttete die Kekse auf einen Teller und setzte sich der Freundin gegenüber. "Nun erzähl mal, was hast du am Wochenende vor? Geh doch mal zu einer dieser Singlepartys, Fisch sucht Fahrrad oder wie das heißt."
Nelli stöhnte: "Bitte lass mich in Ruhe mit diesen forcierten Kuppelfeten auf Teufel komm raus. Ich hab das doch schon einige Male gemacht, das hat nichts

gebracht, erinnerst du dich? Zwei Männer waren sogar verheiratet, die suchen alle nur einmal etwas fürs Bett, glaub mir. Mal ist das ja ganz nett, aber du weißt, dass ich etwas ganz anderes will." Sie schüttete den letzten Rest Kaffee aus der Thermoskanne in ihre Tasse. "Ich möchte das, was du hast," setzte sie leise hinzu.

"Triff dich lieber nicht mit Leuten aus dem Internet, da wäre ich vorsichtig an deiner Stelle, aber mal so ein Abenteuer ist ja auch nicht zu verachten", warf Lilli ein und ihre braungrünen Augen blickten träumerisch durchs Küchenfenster auf die struppigen Büsche ihres verwahrlosten Gartens.

"Ach, hör auf, das hatte ich zuletzt, sogar mit einem wirklich toll aussehenden Mann, und die ganze Sache war so schal und flüchtig wie kalter Kaffee." Plötzlich merkte sie, dass sie zu viel gesagt hatte und versuchte- vergebens, wie sie wohl wusste- ihre Freundin von der Fährte abzubringen: "Machst du noch mal frischen Kaffee? Nein, lass mich das tun." Sie stand auf, nahm den vollen Kaffeefilter aus der Maschine und wollte ihn in den Mülleimer werfen, bis sie angeekelt merkte, dass der überlief. "Ich bring mal schnell den Müll raus!"

Wie vorauszusehen ließ sich Lilli nicht ablenken. " Nein, das ist Sache der Jungs. Was heißt zuletzt, wann hattest du mit wem etwas? Soviel ich weiß, warst du *zuletzt* mit Norman vor etwa einem Jahr ein paar Mal ausgegangen und im Bett gewesen, unterbrich mich bitte nicht," sagte sie nachdrücklich, als Nelli zaghaft versuchte, etwas einzuwerfen, "was hast du mir nicht erzählt? Na, los! Und lass das doch bitte sein" Sie umfasste ungeduldig den Arm der Freundin, nahm ihr Putzlappen und Essigreiniger aus der Hand und schob ihr dünnes, attraktives Gesicht nahe an Nellis heran.

Derart in die Enge getrieben, erzählte ihr Nelli haarklein alles über das Treffen mit Markus Scholl vor ein paar Monaten und den enttäuschenden Ausgang des Abends. "Verstehst du, ich hab mich einfach geschämt, darüber zu reden, ich wollte diese Episode auch so schnell wie möglich vergessen," setzte sie zu ihrer Verteidigung hinzu, angesichts des vor Ärger verzogenen Gesichts der Freundin. "Außerdem wusste ich, was du sagen würdest." Das kam etwas kleinlaut und da legte Lilli auch schon los: "Wie konntest du nur! Mit einem Tatverdächtigen etwas anzufangen. Ich verstehe dich einfach nicht. Wirklich, Nelli!"

"Eigentlich war der Fall doch abgeschlossen. Offiziell waren das Unfälle, weißt du, trotz der merkwürdigen Zufälle und alldem. Also eigentlich wurde Scholl nicht verdächtigt, aber du hast völlig Recht, es war unprofessionell."

"Und du hättest in Teufels Küche kommen können."

"Ach, ich glaube, eher nicht, Kadenbach hatte schon Order gegeben, die Akte zu schließen, aber weißt du, Zweifel habe ich immer noch, da stimmte etwas ganz und gar nicht."

"Umso schlimmer", wetterte Lilli weiter, "du warst hin- und hergerissen von dem Typen und hast nicht auf die

Gefahr geachtet, in der du geschwebt hast, du hast Glück, dass du noch lebst.", schloss sie theatralisch.

"Ach, woher, eine Polizistin bringt niemand so ohne weiteres um, außerdem hab ich Markus nie ernstlich verdächtigt und, wie gesagt, dieser Mann sieht zwar umwerfend aus, hat Charme, wirkt erotisch, aber er hält nicht das, was er verspricht."

"Wie meinst du das jetzt, was hat er denn getan, drück dich doch bitte mal etwas genauer aus," Lilli wurde ungeduldig, als sie Nellis Verlegenheit bemerkte. "Mensch, lass dir doch nicht jedes Wort aus der Nase ziehen!"

"Na ja, also, es war ein schöner Abend, wir hatten uns gut unterhalten und da prickelte etwas zwischen uns, nicht, dass ich gedacht hätte, so ein Mann würde sich ernsthaft für mich interessieren," warf sie hastig und nicht ganz glaubwürdig ein. Nervös zerkrümelte sie einen Keks auf ihrem Teller. Obwohl Lilli ihre beste Freundin war, fiel es ihr schwer über intime Einzelheiten in ihrem relativ kargen Liebesleben zu sprechen, was die Freundin übrigens auch nicht tat, aber es von ihr erwartete und zuweilen sogar heftig verlangte, was wiederum Nelli manchmal zu interessanten Überlegungen über Lillis abgründige Persönlichkeit veranlasst hatte. Sie atmete tief durch: "Also es war klar, dass sozusagen der krönende Abschluss dieses Abends im Bett stattfinden würde. Ich weiß, es klingt altmodisch, aber er zog alle Register der Verführung auf, aber nicht plump, verstehst du, auf die ganz subtile Art eben, ein leichtes Vibrieren

der Stimme bei bestimmten Worten, ein Blick, der länger verweilt als üblich und ein wie zufällig wirkendes Streifen der Hand. Du weißt doch, wie so etwas geht," sagte sie ärgerlich, als sie merkte, wie ungläubig Lilli sie anstarrte.
"Nein, ich hab's vergessen, bei mir ist es achtzehn Jahre her, dass ich einen romantischen Abend hatte, wenn das wirklich so ist, wie du es schilderst, muss ich unbedingt über einen Seitensprung nachdenken. Aber im Ernst, Nelli, ich glaube, du hast das aus deinen schlechten Liebesromanen, von dir stammt diese kitschige Ausdrucksweise jedenfalls nicht. Entschuldige, sprich bitte weiter.! Hastig streichelte sie der Freundin den Arm, als sie merkte, wie verdrießlich Nelli die Brauen zusammenzog.
"Kurz und gut," fuhr sie nachdrücklich fort, "ich wusste, worauf es hinauslaufen würde und ich wollte es ja auch so," sagte sie laut und heftig, "ich bin ja schließlich keine zwanzig mehr, ich bin eine erwachsene Frau mit gewissen Bedürfnissen."
"Ich bin keine dumme Gans, ich habe das Leben kennen gelernt," zitierte Lilli aus den *Buddenbrooks*.
Nelli verdrehte die Augen: "Also, die leidenschaftliche Liebesnacht, die ich mir ausgemalt hatte, wurde dann der schale letzte Gang eines Abendessens, der Kaffee, wenn du so willst, der schon zu lange auf der Wärmeplatte steht. Er schmeckt schon sauer und bitter, aber man trinkt ihn eben doch, weil er dazugehört. Markus war zwar aufmerksam, aber routiniert und irgendwie seltsam ....mhm...nebensächlich. Ich war regelrecht

erleichtert, als er ging und kam mir wegen meiner sorgfältigen Vorbereitungen zwar ein wenig lächerlich vor, aber eigentlich," sagte sie nachdenklich und schaute ihre Freundin mit blanken Augen an, "es heißt doch, der Weg ist das Ziel, nicht wahr, ich war so erwartungsvoll und fast glücklich in der Zeit davor, dass sich die Illusion doch gelohnt hat, meinst du nicht? Die Enttäuschung war bitter aber kurz und ich hab's längst weggesteckt, glaub mir." Sie hatte ihre gute Laune wiedergefunden und biss vergnügt in einen Keks.

"Hallo, Tante Nell, wie geht's denn so?" Nelli blickte den Jungen, der in die Küche geschlendert kam und sich die letzten Kekse vom Teller grabschte, irritiert an, bis ihr aufging, dass sie es mit Moritz, Maltes Zwilling zu tun haben musste, musste jedoch laut auflachen, als ihre Freundin ärgerlich herumfuhr: "Stopf dich vor dem Mittagessen nicht mit Keksen voll, Malte, wie oft soll ich dir das noch sagen!" schimpfte Lilli. Eine Mutter ließ sich nicht so leicht täuschen.

Annette Brehm hatte eine Party vorzubereiten. Ihr Mann Klaus wurde 40 und hatte beschlossen, dieses Ereignis zu feiern; ein glänzender Geschäftsabschluss, der ihm gerade gelungen war, gab weiteren Anlass dazu. Außer der Familie, Annettes wohlgemerkt, denn Klaus war Waise und im Heim aufgewachsen, würden noch Freunde und einige Kollegen von Klaus kommen. Die elegante, geräumige Wohnung im ersten Stock eines sanierten Wohnhauses in der Kantstraße bot Platz genug für viele Gäste, trotzdem hastete Annette zwischen Küche, Wohn-

und Esszimmer hin und her und überlegte, wie sie alle um den großen, ovalen Tisch platzieren sollte. Sie war nervös und hatte nachts nicht schlafen können, weil Felix' trockener Husten sie mehrmals zwanghaft nach ihm sehen ließ. Dann schweiften ihre Gedanken von einem Thema zum nächsten und sie lag mit offenen Augen auf dem Rücken und starrte in die Dunkelheit. Erst als sie die von ihrem Hausarzt sorglos verschriebene zweite kleine Pille nahm, fiel sie gegen Morgen in einen unruhigen Schlaf. Beim Frühstück musste sie sich mit Mühe auf die Worte von Klaus konzentrieren, denn ihr Kopf fühlte sich an, als würde in ihm brackiges Wasser hin- und herschwappen. "Du wirst es doch schaffen, oder?", fragte Klaus gerade. "Ich komme schon mittags nach Hause und helfe dir dann. Die bestellten Platten kommen rechtzeitig, hast du dafür gesorgt?"
"Natürlich, du weißt doch, dass ich das alles organisiert habe", erwiderte sie müde, "Frau Michalik kommt in einer Stunde und hilft mir mit dem Umräumen und die Kinder werden von Patricks Mutter von der Schule abgeholt und gleich mitgenommen." Felix und Lisa sollten heute bei einem Freund von Lisa schlafen. Klaus hatte es vorgeschlagen, damit er und Annette sich in Ruhe den Gästen widmen konnten. Annette fühlte sich unwohl dabei, den anfälligen Felix woanders schlafen zu lassen und hatte protestiert, aber Klaus war in letzter Zeit recht energisch aufgetreten und hatte es durchgesetzt. Jetzt sah er ihr prüfend ins Gesicht und sagte zum dritten Mal: "Netti, hörst du nicht?"

"Entschuldige, was hast du gesagt?"
"Ich sagte, so kann es nicht weitergehen, du rührst dein Essen nicht an und schluckst nur Pillen, du wirst noch krank, hörst du?" Ja, natürlich, wahrscheinlich wartete er nur darauf, sie einweisen zu lassen, dann wäre er sie los, dachte sie resigniert, rief sich aber gleich darauf zur Ordnung. Was dachte sie da eigentlich, das war doch Klaus, der Mann, der sie und die Kinder liebte und immer für sie da war. Und doch, hatte er sich nicht seltsam verändert in letzter Zeit? Zuweilen hatte sie das Gefühl, von ihm beobachtet zu werden und wenn sie ihn dann ansah, schaute er schnell weg. Sie hatte ihn geheiratet, weil er verlässlich und stark wie ein Fels war und weil sie ihre große Liebe nicht bekommen konnte, weil das unmöglich war. Sie hatte sich immer sicher aufgehoben bei ihm gefühlt und seine Ruhe und Kraft geliebt. Und nun geriet ihr Bild von ihm und ihrer Ehe ins Wanken, immer öfter hatte sie das Gefühl, nicht mehr selbst über ihr Leben zu bestimmen. Etwas war da, stand zwischen ihnen. Gern würde sie einmal in Ruhe mit ihm darüber sprechen, wenn nur nicht diese ständige Müdigkeit wäre, sie war einfach zu müde, um ein richtiges Gespräch mit ihm zu führen. Und heute hatte sie noch so viel zu tun, die Party, die Gäste, und morgen, an seinem eigentlichen Geburtstag, da sollte es doch auch harmonisch sein. Sie würde die Kinder holen und dann würden nur sie vier zusammen sein, vielleicht könnten sie alle in den Zoo gehen oder....., sie merkte, dass ihr Kopf immer tiefer sackte und sie gleich einschlafen würde, da ließ die

Stimme ihrer Tochter sie auffahren: "Mami, Felix spielt mit dem Essen, du hast gesagt, mit dem Essen spielt man nicht rum." Sie stupste ihren Bruder an, der ihr aus seinen schönen Augen einen kalten Blick zuwarf. Sie schob ihr sorgfältig leer gegessenes Schälchen von sich. "Mami, ich hab alles aufgegessen, das ganze blöde Müsli, krieg ich jetzt ein Nutellabrot?"
Annette, die die Süßigkeiten ihrer Kinder streng rationalisierte, war zu müde, um ihr das abzuschlagen und stand schwerfällig auf. Klaus trank seinen Kaffee aus und sagte: "Also, ich muss los. Tschüss, meine Süße, viel Spaß in der Vorschule", er küsste Lisa auf die Stirn und klopfte Felix aufmunternd auf die Schulter: "iss jetzt, alter Junge, und pass im Unterricht gut auf. Wir sehen uns morgen, Kinder, ich bin gespannt, was ich von euch zum Geburtstag kriege, meine Süße hier hat es ja sehr spannend gemacht", scherzte er, als sich Lisa an seinen Hals hing und laut juchzend einige Meter mitschleifen ließ. Annette stellte Lisa einen Teller mit einem dünn mit Nutella bestrichenen Vollkornknäcke hin und brachte ihren Mann zur Tür. "Übrigens kommen noch zwei Gäste mehr, Tilman und Leander, du hast doch nichts dagegen?" Klaus stöhnte leise, sagte aber forsch: "Nun, zumindest werden sie mit ihrem farbenprächtigen Outfit das allgemein vorherrschende Schwarz beleben. Was ist eigentlich mit deinem Bruder, konnte er seinen Nachtdienst tauschen?"
"Ja, und stell dir vor, er bringt seine neue Freundin mit, er scheint sehr verliebt in sie zu sein."

"Schön, ich freu mich für Markus", sagte Klaus und meinte es wirklich so. "Jetzt scheint diese Tragödie mit Sabine wohl zu verblassen, was meinst du?"
"Ja, ich denke schon", sagte Annette nachdenklich. Zerstreut küsste sie Klaus zum Abschied und ging in die Küche zurück, um ihre Kinder zur Eile anzutreiben. Wenn sie pünktlich in die Schule kommen sollten, müssten sie sich beeilen. Sie holte die beiden kleinen Rucksäcke der Kinder, die sie am Abend zuvor sorgfältig gepackt hatte mit allem, was die Kinder für eine Übernachtung brauchten. Nun fehlte nur noch das Kuscheltier, das jedes zum Einschlafen brauchte. Lisa griff sich ihren abgewetzten, heißgeliebten Hasen und Felix seine Giraffe, wobei er jedoch quengelnd darauf bestand, dass sie vollständig in seinem Rucksack verschwinden müsse, aus Angst, die anderen könnten ihn aufziehen. Sobald Annette mit Kindern, Rucksäcken und Schulranzen im Wagen saß, um zur Schule zu fahren, fiel ihr ein, dass die Kinder vergessen hatten, ihre Zähne zu putzen, zum Umkehren war es aber zu spät. Sie schlug mit der Hand aufs Lenkrad und sagte ärgerlich zu ihrer Tochter in dem klaren Bewusstsein ungerecht zu sein: "Sonst sagst du mir ständig, Mami, guck mal, wie ich das gemacht hab, Mami, sieh mal, was ich schon kann, aber das Zähneputzen vergisst du natürlich!"
Lisa traten vor Zorn und Verletztheit Tränen in die Augen und sie stieß erbost hervor: "Daran müssen Mamis denken und nicht die Kinder. Du bist ja nur böse, weil du es vergessen hast! Und außerdem", triumphierend stieß

sie ihren Bruder in die Seite, "außerdem ist Felix älter als ich, also hätte er dran denken müssen, doofer Felix!"
"Lisa, Schluss jetzt, hör sofort auf!"
Lisa heulte jetzt laut los: "Immer bin ich schuld, immer nur ich, nie er, das ist so gemein!"
Annette spürte betroffen, wie genau ihre kleine Tochter ins Schwarze getroffen hatte und stoppte den Wagen an einer Bushaltestelle. Sie drehte sich halb nach hinten, löste Lisas Sicherheitsgurt und sagte zu ihr: "Komm mal kurz nach vorne, Süße, Mami war ungerecht, es tut mir Leid."
Lisa, nicht eben von Zuwendungen seitens ihrer Mutter verwöhnt, krabbelte nach vorne und küsste ihr stürmisch das Gesicht ab. Befriedigt hörte sie ihre Mutter den Bruder sanft ermahnen: "Du hättest wirklich ans Zähneputzen denken können, Felix." Mit seiner tonlosen Stimme antwortete er: "Ich hab kaum gegessen, bei mir hätte es sich gar nicht gelohnt."
Später sollte sich Nelli sagen, dass sie so etwas geahnt hatte, geahnt, dass sie noch einmal mit dem Fall zu tun haben würde, trotz ihres Abenteuers mit Markus Scholl. So war sie nicht allzu überrascht, als Michael Rötter sie nachts um drei anrief, eine Zeit, in der sich bekanntlich die meisten Menschen in einer Tiefschlafphase befinden. Es dauerte lange, bis das nervige Klingeln in ihr Bewusstsein drang und dementsprechend unwirsch meldete sie sich. Es besserte ihre Laune nicht, als sie die Stimme ihres Untergebenen Rötter wahrnahm und sogleich raunzte sie ihn an: "Ich habe keine Bereitschaft,

lesen Sie mal den Dienstplan, Menschenskind, Kollege Habermas ist dran!"

"Ich weiß, ich weiß, Frau Franke, aber Sie werden gleich weniger biestig zu mir sein, wenn ich Ihnen sage, an welchem Tatort ich mich gerade mit Hauptkommissar Habermas befinde."

"Nämlich?" greinte Nelli genervt.

"In der Garage der Familie Brehm in der Kantstraße 7!"

"Und?", jaulte Nelli, denn der Name sagte ihr im Moment überhaupt nichts.

"Mensch, Annette Brehm ist die Schwester von unserem schönen Doktor Markus Scholl!"

Nelli wurde schlagartig wach. "Was ist passiert?", fragte sie alarmiert.

Rötter kostete seinen Triumph voll aus. "Jetzt halten Sie sich fest! Die neue Freundin von Scholl ist erschlagen worden, hier in der Garage auf dem Innenhof der Brehms. Sie hatten einen Geburtstag gefeiert und die beiden waren eingeladen."

"Nein!"

"Ich wusste, dass Sie das interessieren würde. Immer noch sauer, dass ich Sie geweckt habe? Wann können Sie hier sein?"

"Wird Habermas nicht sauer werden?"

"Ich hab ihm schon gesteckt, dass wir die Leute kennen und dass es da schon eine Akte gibt. Er meint, von ihm aus könnten Sie den Fall mit ihm tauschen."

"Vielleicht mit dem Raubmord in der Uhlandstraße?", meinte Nelli nachdenklich. "Natürlich muss ich auch Kadenbach fragen, wenn er sein O.K. gibt....."
"Also was ist, kommen Sie?"

Die Kantstraße hatte von ihrer einstigen Pracht nur die sehr breite, vierspurige Fahrbahn, die bequemen Bürgersteige und einige wirklich schön sanierte Häuserfassaden vorzuweisen, ansonsten war sie doch etwas heruntergekommen und ein Hauch der Verwahrlosung hinterließ seinen unverkennbaren Duft. Die unvermeidlichen Sprayer hatten auch hier ihre Zeichen hinterlassen; Nelli wurde angesichts des Geschmieres oft von Wut gepackt, wenn sie auch nicht so weit ging, für die Missetäter die Prügelstrafe vorzuschlagen, wie einige ihrer Kollegen. Das Haus, in dem die Brehms wohnten, war ein schönes vierstöckiges Wohnhaus aus dem 19. Jahrhundert mit cremeweißer, erst kürzlich restaurierter Fassade, zum Glück noch frei von jeglicher Schmiererei. Wie machten sie das? Stellten sie hier Wachen auf?, sinnierte Nelli. Vom hellen Licht der großen, dreiarmigen Laternen, die die Kantstraße in hoher Anzahl flankierten, bestrahlt, präsentierte sich das Haus in neu auferstandener Pracht, die schwarzen schmiedeeisernen Balkongitter verliehen ihm französisches Flair. Eigentlich wunderte sich Nelli, dass die Familie Brehm mit ihren zwei Kindern mitten in der Stadt wohnte und nicht irgendwo außerhalb Berlins in einem Haus mit Garten. Der nächste Spielplatz war weit und bei diesem Verkehr hier musste man die Kinder sicherlich zu ihren jeweiligen Aktivitäten hinbringen und abholen.

Die beiden schweren Torflügel zur Hofeinfahrt standen weit offen, ein Plastikband mit der Aufschrift *Polizei* wurde von einem Uniformierten zur Seite genommen, nachdem ihm Nelli ihren Dienstausweis gezeigt hatte, dann fuhr sie ihren Toyota über den terracottafarben gefliesten Boden auf den großen Innenhof. Sie parkte hinter einem Polizeiwagen. Weil ihre Mutter ihr viel aus der Kindheit erzählt hatte, wusste sie, dass alle alten Bürgerhäuser diesen Innenhof besaßen, wo vor Jahrzehnten ein Platz mit grauen runden Mülltonnen abgegrenzt war, vielleicht ein, zwei Bäume, aber auf jeden Fall langweilige, immergrüne Sträucher auf mit kleinen Steinen abgezirkelten Vorgärten standen. Es gab einen Weg, der gepflastert war und eine Teppichklopfstange, die von den Kindern gern als Turngerät genutzt wurde, vorwiegend zur beliebten "Schweinebaumel", wobei die Hausfrauen in ihren bunten Kittelschürzen aus den Fenstern hingen und sie ausschimpften. Regelmäßig kam der Scherenschleifer auf den Hof und bot laut seine Dienstleistungen an und oft, um den grauen Alltag zu verschönern, kam der eine oder andere Straßenmusikant, der auf der Geige kratzte, auf einem Akkordeon schluchzte oder den damals sehr beliebten Drehorgelkasten vor sich herschob, oben darauf saß ein in eine kleine, rote Jacke gekleidetes

Äffchen mit einem winzigen Hut auf dem Kopf. Dann wickelten die Frauen einen Groschen in ein Fetzchen Zeitungspapier und wollten ihn hinunterwerfen, aber die Kinder bettelten ihre Mütter an, das Almosen selbst hinauszubringen zu dürfen, um es in den umgedrehten Hut zu legen, den der Affe ihnen hinhielt. Im Gartenhaus, wo sich die viel billigeren und einfachen Wohnungen befanden und die Arbeiter wohnten, war man in der Regel spendabler als im gutsituierten Vorderhaus. Unwillkürlich dachte Nelli, dass man hier auf diesem weitläufigen Hof einen großen Spielplatz hätte errichten können, statt dessen waren die Bäume, die dort einst standen, gefällt worden, um Platz für acht hässliche Garagen zu schaffen, die aus Fertigbauteilen zusammengesetzt waren. Aber vielleicht wohnten ja außer den beiden Brehmkindern keine weiteren hier. Jetzt war der Hof vollgestellt mit Polizeiautos, einem Notfallwagen, einer Feuerwehr und wimmelte von Menschen. Er war taghell erleuchtet, die Spurensicherung hatte sehr starke Scheinwerfer aufgestellt, um die zweite Garage der rechten Hofseite, die der Tatort sein musste, zu erhellen. Vor der offenen Garagentür klebte eine Menschentraube, durch die geschäftig der Polizeifotograf mit seiner schweren Kamera und die Beamten von der Spurensicherung in ihren weißen Plastikoveralls drängelten. Die Szene hatte etwas Unwirkliches und einen Moment dachte Nelli, es könnten Filmaufnahmen sein. Hauptkommissar Habermas hatte sie entdeckt und kam auf sie zu. Er war

beleibt, um nicht zu sagen, dick, Mitte bis Ende fünfzig und hatte eine Halbglatze. Er war nicht aus der Ruhe zu bringen, hatte eine sympathische, leise Stimme und hatte letzten Monat mit seiner Frau Silberhochzeit gefeiert. Bei den regelmäßigen Kegelabenden der Abteilung war er ein beliebter Kumpel.
"Nelli, du bist ja früh auf", feixte er, "hab schon gehört, du möchtest den Fall gern haben, soll mir Recht sein, Mädchen, lass mich nur meine Schicht zu Ende bringen und den vorläufigen Bericht fertig machen, dann kannst du übernehmen."
"Kannst du mich ins Bild setzen, Hugo?"
"Na klar doch, also die Tote ist die sechsundzwanzigjährige Jessica Thiel, Schauspielerin, hat kleine Nebenrollen in Fernsehserien gespielt, wie von ihrem Freund angegeben, na, ich kenn sie jedenfalls nicht. Also der Freund ist ein gewisser..., warte mal, ich habs gleich, ja hier...ein Markus Scholl, Stationsarzt auf der internistischen Abteilung des Marienkrankenhauses; wie Rötter sagt, kennt ihr den Herrn bereits. Scholl und seine Freundin waren heute zum Geburtstag ihres Schwagers äh....", Habermas blätterte in seinem Notizblock, "ja, Klaus Brehm, der mit seiner Schwester, also mit der Schwester von Scholl, hier im ersten Stock wohnt, eingeladen. Scholl hatte seinen BMW in der Garage der Brehms untergestellt, weil er Angst um sein schönes Auto hatte, die Schwester hat- damit Platz genug ist- ihren Golf extra in die Nebengarage gestellt, die sie auch gemietet haben, hinter den Audi ihres Mannes.

Scholl geht also um....Moment, um halb zwei in den Hof zur Garage, in Begleitung seiner Schwester und seines Schwagers- zur Verabschiedung und um das Tor zur Ausfahrt aufzuschließen- ,die Garagentür ist nicht abgeschlossen und sie finden Jessica Thiel leblos auf dem Boden liegend vor. Markus Scholl versucht, seine Freundin zu reanimieren, aber es ist nichts mehr zu machen, ihr Hinterkopf wurde eingeschlagen, die Tatwaffe liegt noch daneben, ein 48er Maulschlüssel aus dem Werkzeugsortiment, das dem Schwager gehört und stets an der Wand hängt. Ich schlage vor, du wirfst einen Blick auf die Tote, dann kann sie mitgenommen werden. Die Böhnisch ist hier und hat sie schon kurz untersucht, sie sagt, mindestens sechs bis acht Schläge, der dritte oder vierte kann schon tödlich gewesen sein. Übrigens können wir den Todeszeitpunkt ziemlich genau festlegen. Scholl sagt aus, seiner Meinung nach kann sie nicht länger als ungefähr 5 Minuten tot gewesen sein, als sie sie fanden."

Nelli bahnte sich einen Weg durch die vielen Menschen in die Garage. Ein Auto stand nicht mehr darin, jemand, vielleicht Markus Scholl selber, musste den BMW 'rausgefahren haben. Nelli begrüßte Rötter, die Pathologin und andere Kollegen, die sie kannte. Die Tote lag auf dem Rücken, der Kopf nach hinten übergestreckt, das Oberteil ihrer gelben Bluse war aufgerissen, das Brustbein bot sich nackt und wehrlos dem Betrachter dar. Die Augen waren geschlossen, das blonde Haar verklebt und verkrustet, und Blut, das unter dem Kopf hervorgesickert war, trocknete zu braunen Flecken. Über beide Hände waren durchsichtige Tüten gezogen worden. Die Polizeiärztin Böhnisch erhob sich aus der Hocke, streifte die Einmalhandschuhe ab und griff dankbar nach dem Pappbecher mit heißem Kaffee, den ihr jemand hinhielt.

"Kann ich mal die Tatwaffe sehen?", fragte Nelli. Eine junge, ihr unbekannte Beamtin zeigte ihr eine transparente, beschriftete Plastiktüte, darin befand sich ein so großer Schraubenschlüssel, wie ihn Nelli noch nie gesehen hatte. Er war mit rostbraunen Flecken übersät. Nelli, die ihrem geschickten Vater früher gern bei handwerklichen Arbeiten zugesehen hatte, fragte entgeistert: "Wozu braucht man solch einen riesigen Schraubenschlüssel?"

"Zum Beispiel für LKW's," das war Rötter, der sich an ihre Seite gedrängt hatte.

"Und? Die Brehms haben doch keinen LKW, oder?"

"Nein, aber die Vormieter ihrer Wohnung waren Besitzer einer Transportfirma, leben jetzt im Pflegeheim und Brehm behauptet, aus Liebhaberei hat er diverse Werkzeuge aufgehoben und in der Garage hängen lassen, dort zum Beispiel," er zeigte zur linken Wand hinüber, wo an Halterungen sehr sauber aussehendes Werkzeug aufgereiht hing, wovon Nelli die Hälfte unbekannt war.

"Der Täter oder die Täterin brauchte sich nur zu bedienen, das erstbeste große, schwere Werkzeug von der Wand zu nehmen, und das war der Schraubenschlüssel. Übrigens hat er oder sie wohl

Handschuhe getragen, denn ein Paar Arbeitshandschuhe, die Klaus Brehm gehören, lagen achtlos hingeworfen neben der Leiche, der Schraubenschlüssel auch, das heißt, er war in Eile, es war keine Zeit zum Säubern."
"Nelli betrachtete den Kopf der Toten und sagte nachdenklich: "Es ist wenig Blut ausgetreten."
"Sie hat hauptsächlich nach innen geblutet. Sie wurde von hinten mit dem ersten Schlag überrascht, sie fiel auf die Knie, bekam noch ein paar Schläge, wie viele im ganzen, kann ich erst sagen, wenn ich sie auf dem Tisch habe, ich schätze mal sechs, sieben, sie sackte zusammen und fiel auf die rechte Seite. So wurde sie gefunden. Scholl hat sie natürlich bewegt, also auf den Rücken gelegt zum Reanimieren, und er hat ihr, als er merkte, es hat keinen Sinn, die Augen geschlossen. Die beiden Kollegen der *Formel 1* fanden ihn bewegungslos in Hockstellung neben der Toten vor und er soll mehrmals entsetzt gestammelt haben: warum? Eines steht fest, die Schläge wurden mit großer Wucht geführt, der zweite, dritte Schlag muss schon tödlich gewesen sein. Den Todeszeitpunkt können wir auf eine halbe Stunde eingrenzen, um eins wurde sie zuletzt gesehen, um halb zwei von Scholl und den beiden Brehms gefunden. Fragen Sie, wer in dieser Zeit von der Party da oben abwesend war und Sie haben den Mörder." Dr. Böhnisch lächelte sarkastisch. "Oder jemand wollte dieses schöne Auto hier stehlen und wurde von ihr überrascht, aber es steht ja noch hier, nicht wahr? Ein möglicher Dieb hätte außerdem nur einmal zugeschlagen, wenn überhaupt. Na

gut, ich bin nicht *Quincy*, das ist eure Sache. Können wir sie jetzt wegbringen lassen?"

Nelli sah zu, wie die Tote hochgehoben und auf eine weiße Plastikplane gelegt wurde, das Verschließen der Reißverschlüsse entzog sie den vielen Blicken endlich und wie immer überfiel Nelli bei dieser Handlung eine tiefe Traurigkeit.

Während sie sich umwandte und überlegte, wer so von Hass besessen war, dass er bereits drei Freundinnen von Markus Scholl umgebracht hatte, schoss ihr mit einem leichten Schreck der Gedanke durch den Kopf, dass sie ja auch einmal mit ihm zusammen war und somit eine Angriffsfläche für die Wut des Täters darbot. Aber, so beruhigte sie sich gleich, im Bett waren sicherlich viele mit ihm gewesen und tot waren ja die festen Freundinnen, oder? Ein Rest von Unbehagen blieb dennoch zurück und sie fragte sich, wie sie eigentlich Markus Scholl gegenübertreten sollte. Souverän, entschied sie, einfach so tun, als hätte es diesen One Night Stand nie gegeben, daran wird ihm doch wohl auch gelegen sein.

"Eine Frage hätte ich noch," rief sie der davoneilenden Pathologin nach und kam sich wieder vor wie *Columbo*, "könnte auch eine Frau diese Schläge geführt haben?"

"Eine gesunde erwachsene Frau, die nicht an Magersucht leidet, auf jeden Fall."

Hauptkommissar Habermas trat zu ihr: "Nelli, ich geh jetzt nach oben und fang mit den Befragungen an, du

willst sicher gleich dabei sein, um morgen," er verzog das Gesicht, "vielmehr heute, zu übernehmen."
"Ja, gern, ich besorg mir nur einen Kaffee, man weiß ja nicht, ob man da oben einen kriegt." Meist hatte einer der Beamten eine Thermosflasche mit Kaffee dabei.
Sie stieg mit Habermas und Rötter die schmale Wendeltreppe hinauf, die vom Hof aus in die Küchen der Vorderhauswohnungen führte, die so groß waren, dass einige Zimmer zur Straße und andere, durch ein Durchgangszimmer mit anschließendem Korridor verbunden, zum Hof hinaus lagen. Es war ein Überbleibsel aus der Zeit, als das Dienstpersonal der wohlhabenden Bürger diesen Aufgang benutzte, meist gab es auch in den geräumigen Wohnungen eine kleine Kammer, in der das "Mädchen" schlief und die in der Gegenwart häufig als sogenannte Rumpelkammer und Abstellraum für Staubsauger, Bügelbrett, Werkzeugkasten u.s.w. genutzt wurde. Früher, als die Dachgeschosse noch nicht aufgestockt und zu teuren Apartments ausgebaut wurden, gab es hier sicherlich auch einen Trockenboden. Nelli wusste von ihrem Vater, dass sich die Obdachlosen den Dienstbotenaufgang hinaufgeschlichen hatten und gern vor dem warmen Trockenboden übernachteten. Oft wurde so ein "Dauermieter" akzeptiert und ihm, wenn er morgens verstohlen und leise die Treppe hinunterging, eine übriggebliebene Schrippe vom Frühstück zugesteckt. Jetzt, wo die Mieter des Hauses den Dienstbotenaufgang, der beharrlich seinen Namen beibehalten hatte, benutzten, um zu ihren Garagen zu gelangen, war die Tür

des Hofaufgangs natürlich ebenso abgeschlossen wie die Vordertür. Ein Zufluchtsort weniger für die Penner, dachte Nelli, aber wenn man bedenkt, dass verschlossene Häuser auch Leuten mit kriminellen Absichten es erschwerte, hineinzugelangen, war das ja verständlich.

Sie wurden von Klaus Brehm eingelassen, der sie durch die große Küche, in der von der in die Arbeitszeile integrierte, italienische Cappuccino- und Espressomaschine bis zu dem riesigen Kühlschrank, der einen Außenzugang für Eiswürfel besaß, was Nelli nur aus amerikanischen Filmen kannte, alles vorhanden war, dann einen langen dunklen Korridor hinunter, durch das "Berliner Zimmer" hindurch in ein weiteres, nach der Möblierung zu urteilen, das Wohnzimmer, führte. Auf der mit Büffelleder bezogenen Couchgarnitur saßen um einen niedrigen mit Flaschen und Gläsern übersäten Tisch sechs Personen in betretenem, aber auch erwartungsvollem Schweigen. Zwei von ihnen waren Nelli bekannt: Maria und Ernst Scholl, die Eltern von Markus und Annette. Die anderen waren zwei Pärchen um die vierzig, die Klaus Brehm ihnen als befreundete Kollegen mit Partnern vorstellte. Dann sagte er: "Markus ist mit meiner Frau in unserem Schlafzimmer, er musste sich hinlegen und meine Frau wollte ihn nicht allein lassen. Er ist völlig fertig, das können Sie sich ja denken."

Habermas wandte sich an Rötter: "Sie nehmen bitte die Aussagen dieser Herrschaften hier auf, ich möchte mit Dr. Scholl, Frau Brehm und Ihnen sprechen," er schaute Klaus

Brehm an, dann zu Nelli: "ich nehme an, du kommst mit mir?"
"Ja, gern."
Nun ging es wieder den langen Korridor hinunter bis an eine angelehnte Tür, an die Brehm behutsam klopfte. Das Schlafzimmer lag zur ruhigen Hofseite hinaus. Auf der rechten Seite des sehr breiten Doppelbetts lag Markus Scholl, bis zum Hals zugedeckt mit einer hellen Wolldecke. Er hatte die linke Hand über seine Augen gelegt, die rechte hielt seine Schwester, die neben ihm auf der Bettkante saß. Nelli erschrak über die Blässe ihrer Haut, als sie den Kopf drehte und ihren Mann mit Nelli und Habermas eintreten sah. Die blauen Augen lagen tief in ihren Höhlen und zwei Falten hatten ihren Mund nach unten gezogen.
Markus Scholl richtete sich auf, der Kummer war seinem Gesicht anzusehen, konnte aber sein gutes Aussehen nicht beeinträchtigen; er erkannte Nelli und lächelte überrascht, sie lächelte zurück, konnte dabei ein Erröten nicht unterdrücken. Habermas erklärte Nellis Anwesenheit und ging dann zum Wesentlichen über, während Klaus Brehm ihnen Stühle hinschob. "Dr. Scholl," begann Habermas behutsam, "Wann sind Sie gestern Abend mit Jessica Thiel hier eingetroffen, wie verlief der Abend, fühlen Sie sich in der Lage, uns das kurz zu erzählen?"
Scholl atmete tief ein und eine fast unhörbare Brechung war in seiner Stimme, als er sagte: "Also, das war gegen

halb neun, alle anderen waren schon da, wir haben uns am Buffet bedient, nett mit allen geplau......"

"Entschuldigen Sie, Dr. Scholl, einen Moment bitte, wie war das genau am Anfang, Sie haben doch Ihren Wagen in die Garage gestellt, wie lief das ab?"

"Ich hielt kurz in der Einfahrt, klingelte und sagte in die Sprechanlage, dass wir es seien. Klaus, also mein Schwager, kam mit den Schlüsseln herunter, schloss das Tor und die Garage auf und dann fuhr ich den Wagen in die Garage. Er schloss alles wieder sorgfältig ab und wir gingen nach oben. Der Abend verlief sehr nett und um eins sah ich auf die Uhr und meinte, es wäre Zeit zu gehen, aber Annette sagte, bleibt doch noch auf ein Glas Sekt, wir hatten um zwölf auf Klaus' Geburtstag angestoßen. Da sagte Jessica, na gut, aber ich habe keine Zigaretten mehr, ich habe vorhin eine Stange gekauft, sie liegt im Auto, ich hole mir schnell eine Packung herauf. Ich gab ihr die Wagenschlüssel und sie ging in die Garage." Seine Stimme war bei den letzten Worten immer leiser geworden.

"Aber die Garage war doch verschlossen..."

"Klaus Brehm schaltete sich ein: "Ich wollte natürlich mit hinuntergehen, aber sie nahm mir den Schlüsselbund aus der Hand und sagte, keine Umstände, bitte, ich mach das schon," er blickte nachdenklich auf den Boden, "wäre ich doch bloß mitgegangen, dann würde sie jetzt vielleicht noch leben."

"Oder Sie wären jetzt auch tot," versetzte Nelli trocken. Sie wandte sich an Scholl, ihre anfängliche Verlegenheit war jetzt ganz der professionellen Routine gewichen.
"Konnte keiner der Anwesenden ihr eine Zigarette geben, ich meine, lohnte sich der Aufwand sie aus dem Auto zu holen, überhaupt?"
"Alle Raucher waren schon gegangen und Sie kennen....", er verstummte kurz, "Sie kannten Jessica nicht, sie war Kettenraucherin, ein Streitpunkt zwischen uns. Sie hatte sich schon den ganzen Abend mit dem Rauchen eingeschränkt, es gab wenige unter den Gästen, die rauchten, und Netti," er schaute seine Schwester an, "Netti mag es eigentlich nicht, wenn in der Wohnung geraucht wird, wegen der Kinder, wissen Sie." Er schaute seine Schwester liebevoll an, die kläglich lächelte.
"Wie lange war Jessica weg, bevor Sie sich wunderten, dass sie nicht wiederkam?"
"Vielleicht zwanzig Minuten. Ich schaute auf die Uhr und da war es zehn oder fünf Minuten vor halb zwei."
"Was dachten Sie, als Jessica nicht wiederkam?"
"Ich fand es schon etwas seltsam, deshalb ging ich ja mit Annette und Klaus hinunter."
"Warum nicht allein?"
"Ich wollte mich verabschieden, oben hatte ich schon Tschüss gesagt. Wissen Sie, ich hatte einen langen Tag im Krankenhaus und außerdem nagte auch der Verdacht an mir, Jessica könnte wegen irgendeiner Sache sauer sein mit mir und kam deshalb nicht mehr hoch, als Bestrafung."

"Hatten Sie sich gestritten?"
"Überhaupt nicht, aber es gab schon öfter Missverständnisse zwischen uns; sie war sehr empfindlich und schnappte leicht ein und ich wusste gar nicht, was ich Schlimmes gesagt haben sollte." Er vergrub sein Gesicht in den Händen. "Oh Gott, das hört sich herzlos an."
Seine Schwester schlang die Arme um ihn und sah bittend zu Habermas: "Könnten Sie nicht erst uns andere befragen, Sie sehen ja, in welchem Zustand mein Bruder ist."
"Ja, das beste wird sein, Sie ruhen sich erst einmal aus, Dr. Scholl, und wir sprechen mit den anderen Gästen, damit sie nach Hause gehen können."
Er wandte sich an Annette: "Sie können gern bei ihrem Bruder bleiben, wenn Sie möchten. Wir wenden uns an Ihren Mann, wenn wir Hilfe brauchen."
Sie hatte die rechte Hand von Markus an ihre bleiche Stirn gepresst und die Augen geschlossen. Nun drehte sie ihr Gesicht Habermas zu und versuchte dankbar zu lächeln. Hilfesuchend schaute sie zu ihrem Mann: "Klaus, vielleicht könntest du Tee oder Kaffee machen?"
"Natürlich," er eilte in die Küche. Kurz, bevor Nelli die Schlafzimmertür hinter sich und Habermas schloss, warf sie einen Blick über ihre Schulter zurück zum Bett und sah gerade noch, wie Markus weinend die Arme um seine Schwester schlang.
"Sag mal, Hugo, findest du es nicht auch merkwürdig, dass seine Schwester ihn tröstet? Warum sind seine

Eltern nicht bei ihm? Sie hängen doch mit abgöttischer Liebe an ihm, besonders die Mutter."

"Rötter sagt, Frau Scholl musste sich aufs Sofa legen, als sie erfuhr, was passiert war und ihr Mann kümmert sich um sie." Er gähnte laut und rieb sich mit beiden Händen über das Gesicht. "Wir müssen allen ja nur die Kardinalfrage stellen, nicht wahr? Hat jemand während Jessica Thiels Abwesenheit die Wohnung verlassen oder nicht?"

"Hugo, ich weiß nicht, inwieweit Rötter dich über die Scholls informiert hat, aber Tatsache ist, dass drei Frauen, mit denen Markus Scholl liiert war, ums Leben gekommen sind." Sie knabberte nachdenklich an ihrem Daumennagel. "Eigentlich gibt es sogar vier tote Frauen in seinem Umfeld, wenn man die alte Frau Sembach mitrechnet. Ich mochte die alte Dame und ich habe keine Sekunde an einen Unfall geglaubt, aber es war wie verhext, Markus hatte jedes Mal ein unumstößliches Alibi und auch bei den anderen habe ich rein gar nichts gefunden."

"Na, wenn dein Blaubart die Frauen nicht selbst umgebracht hat, vielleicht hat er einen Killer beauftragt?"

"Aber er hat keinerlei Motiv, Hugo, bei keinem der Fälle! Und außerdem, er ist kein Mörder, ich weiß es, mein Instinkt sagt es mir."

"Ach, dein weiblicher Instinkt! Ihr Frauen seid doch alle gleich, bei Ärzten werdet ihr schwach", spöttelte Habermas.

Nelli überspielte ihre Verlegenheit, indem sie einen Arm um Habermas legte, ihn anstrahlte und sagte: "Aber Hugo, du weißt doch, dass du der einzige Mann für mich bist!"
"Ich wusste gar nicht, dass du einen Vaterkomplex hast, Nelli", grinste er. Inzwischen hatten sie den langen Korridor bis zum Ende durchquert und kamen durch das "Berliner Zimmer". Rötter, der ihnen mit zwei uniformierten Beamten entgegenkam, sagte: "Whouh, das ist eine tolle Wohnung, was?" Hugo Habermas, der Nellis Abneigung gegen Rötter teilte, entgegnete trocken: "Wenn Sie erst mal auf Kadenbachs Sessel hocken, können Sie sich das auch leisten."
Rötter blätterte ärgerlich in seinen Notizen und wandte sich unfreundlich an die beiden Uniformierten: "Schaut mal nach, wie weit die Spusi ist, damit wir hier bald fertig werden."
Er räusperte sich und sagte: "Also, übereinstimmend wurde ausgesagt, dass Jessica Thiel um eins hinunter ging, um ihre Zigaretten zu holen, im Wohnzimmer hängt eine große Wanduhr. Um ein Uhr zwanzig etwa wollte sich das Ehepaar Blacher dann verabschieden. Es sagte zu den anderen, es wird uns jetzt zu spät, bitte grüßen Sie die junge Frau von uns. Sie baten die Brehms darum, ihnen ein Taxi zu rufen. Dr. Scholl sagte dann, er wundere sich, wo Jessica so lange bliebe, er müsse morgen früh aufstehen und wolle jetzt gehen. Er würde in den Hof gehen und mit Jessica gleich nach Hause fahren. Ob sie

etwas dagegen hätten, wenn er sich gleich verabschieden würde?"

"Ist da nicht ein Interessenkonflikt entstanden? Die Blachers wollten doch zur gleichen Zeit gehen", warf Nelli dazwischen.

"Klaus Brehm bat die Blachers, noch einige Minuten zu warten. Er wolle mit Annette und ihrem Bruder in den Hof hinuntergehen, um sich von Jessica zu verabschieden. Das Ehepaar Blacher sowie auch das andere Paar...ähm", er blätterte eine Seite um, "Bernd Busch und Jutta Conradi sagten aus, Markus Scholl wirkte ein wenig ärgerlich, weil die junge Frau nicht zurückkam, und ferner meinten sie, im Laufe des Abends hätte eine gewisse Spannung zwischen den beiden bestanden. Er machte eine Bemerkung, sie würde zu viel rauchen und trinken und sich damit die Gesundheit ruinieren, worüber sie einfach lässig hinwegging."

"Wenn sich die Menschen wegen solcher nichtigen Sachen umbrächten, wäre die Menschheit fast ausgestorben, abgesehen von ein paar Heiligen wie Ihnen, Rötter", sagte Nelli sarkastisch, doch als sie sah, dass ihm dunkle Röte von seinem vorstehenden Adamsapfel hinauf in die Wangen stieg, grinste sie ihn versöhnlich an: "War er während Jessicas Abwesenheit längere Zeit nicht im Wohnzimmer?"

"Das ist es ja," mischte sich Habermas ein, "alle geben sich gegenseitig ein Alibi für die fragliche Zeit, niemand hat angeblich den Raum verlassen, nicht mal zur Toilette ist einer gegangen."

Nelli knetete nachdenklich ihr rechtes Ohrläppchen und strich dann mit dem Zeigefinger mehrmals über ihren Nasenrücken: "Wenn ich richtig verstanden habe, waren noch neun Personen im Zimmer, nicht wahr: Anette und Klaus Brehm, die Eltern Scholl, Sohn Markus und diese beiden befreundeten Paare, die im Aufbruch begriffen waren. Es herrschte also eine gewisse Unruhe, da kann man doch nicht vollkommen sicher sein, dass niemand hinausgegangen ist."

"Also Markus Scholl", mischte sich Rötter wieder ein, "wird nicht nur von seinen Verwandten ein Alibi gegeben, sondern auch von Bernd Busch, der ihm eingehend irgendwelche Symptome in seinem linken Knie beschrieben hat. Sie wissen ja, wie manche Leute sind, wenn sie merken, dass einer der Gäste Arzt ist."

"Na gut, aber was ist mit den Gastgebern, wenn die was aus der Küche holen zum Beispiel, das fällt doch gar nicht auf, oder?"

"Alles schön und gut, Nelli", sagte Habermas und gähnte herzhaft, "Tatsache ist jedenfalls, dass alle neun Personen beteuern, keiner habe das Wohnzimmer verlassen, während Jessica Thiel nicht da war."

"Gut", seufzte sie, "habt ihr die vollständige Gästeliste? Alle müssen überprüft werden, wann sie gegangen sind, wann und ob sie zu Hause angekommen sind, wer das bezeugen kann und in welcher Beziehung sie zu dem Opfer standen". Sie drehte sich zu Rötter um: "Übernehmen Sie das bitte mit Baumann, und Schulte

kann Ihnen auch helfen. Morgen, vielmehr heute Vormittag um 10.00 ist Besprechung."
Nelli hatte sich schon voll hineingekniet und als sie in den Innenhof hinunterging, wo sie sah, dass die Spusi fertig war und zusammenpackte, fegte ihr die frische Nachtluft die letzten Spinnweben der Müdigkeit aus dem Gehirn.

*

Ich bekomme keine Luft mehr. Hilfe! Ein ungeheuerlicher Druck presst meinen Brustkorb zusammen, schnürt meinen Hals zu, ich hab das Gefühl, dass kein Sauerstoff mehr hineingelangen kann und aus meinem Mund keine sinnvollen Wörter mehr kommen. Meine Stimme ist ganz dünn und leise geworden, hört mich überhaupt noch jemand? Ich glaube, kein Mensch ist so überflüssig wie ich, bin ich unsichtbar geworden? Ich habe vier Menschen ermordet und keiner würde mir so etwas zutrauen. Keiner ahnt etwas oder verdächtigt mich, so unwichtig bin ich. Ich war immer ein beherrschter und ruhiger Mensch. Alle lobten meine Selbstdisziplin. Damals, als ich noch wahrgenommen wurde, als ich noch eine Persönlichkeit war, die einen Stellenwert im Leben hatte. Jetzt aber spüre ich meine Ruhe entschwinden. Ich möchte immerzu meine Qual herausschreien, jedoch darf keiner meine Schreie hören. Dann würden sie es entdecken und ich weiß, sie werden es nicht verstehen. Wie sollen sie auch begreifen können, dass ich es tun musste, dass kein Weg daran vorbeiführte. Die grenzenlose Erleichterung nach

Melanies und Sabines Tod! Das Leben war plötzlich ganz neu für mich! Welch ein Schwung kam in meine grauen Tage, nun, wo ich wusste, sie würden nie wieder auferstehen, mich nie wieder quälen! Und merkwürdig, kein bisschen Reue und auch nur eine Spur von Unrechtsempfinden fühlte ich, nur die Befreiung einer unerträglichen Last. Bei der alten Frau, da war es anders, das war schrecklich, das wird auf meinem Gewissen für immer lasten. Und Jessica? Ich glaube nicht, dass Jessica eine echte Bedrohung geworden wäre, aber für meine Sicherheit, meine äußere, sozusagen meine öffentliche Sicherheit war sie das schon. Sie hat mich gesehen, dort im Hausflur der armen alten Frau. Und sie hat mich wiedererkannt! Es war nur eine Frage der Zeit, bis sie mich darauf angesprochen hätte. Sie war nicht sehr intelligent, aber selbst sie hätte zwei und zwei zusammengezählt, und das konnte ich nicht riskieren. Aber für mein wahrhaftiges Selbst, ganz tief in mir drin, mein kostbares Geheimnis, das die anderen niemals entdecken dürfen, wäre sie nie die Feindin geworden, die die anderen beiden waren, das weiß ich einfach, sonst hätte ich sie bei ihrem Anblick gespürt, diese bodenlose, tiefe Verzweiflung, diesen Schmerz, der mich von innen aufzufressen drohte. Deshalb ist der Mord an Jessica ein Verbrechen wie an der alten Frau Sembach. Ich habe das Böse in mich hineingelassen und jetzt hat es sein Quartier aufgeschlagen und holt sich viele andere kleine Teufelchen als Gäste ins Haus, die ausgedehnte Gelage feiern und nicht mehr gehen wollen. Ich werde mich verändern, ich habe mich bereits verändert. In den Gesichtern derer, die mir doch nahe stehen, reflektieren sich Unverständnis und Ungläubigkeit. Wie lange wird es dauern, bis sich Entsetzten dazugesellt? Gestern habe ich im Spiegel mein Gesicht nicht mehr erkannt, die Erinnerung daran war wie weggeblasen. Es gibt so eine Krankheit, eine neurologische Störung, wo man die Gesichter vertrauter Menschen nicht wiedererkennt, bei mir betrifft es nur mein eigenes Gesicht. Mein eigenes...., wenn ich über die Worte nachdenke, kann ich nur eine Sache, ein Ding mein eigen nennen, und das ist MEIN Geheimnis, alles Übrige, dass, was Ihr alle sehen könnt, darüber könnt Ihr verfügen, wie Ihr wollt. Meinetwegen kann sich auch all das in Nebel auflösen wie die grauen Schwaden, die durch meinen Kopf ziehen. Wenn niemand meine Verbrechen entdeckt und mich zur Verantwortung zieht, muss ich mich dann selbst bestrafen? Ist das nicht Hochmut, eine gewisse Größe in uns voraus zu setzten, die uns zu einer Selbstbestrafung berechtigt?

Die Luft roch deutlich nach Herbstende, die goldene und rote Blätterpracht, mit der sich die Bäume einige Wochen geschmückt hatten, lag vertrocknet und farbstumpf auf den Straßen, auf die Müllabfuhr wartend oder auf Harz IV-Empfänger, die für einen Euro fünfzig die Stunde alles aufkehren sollen. Hin und wieder rascheln kleine Kinder durch die knisternden Blätter, aber die Mütter und Väter schimpfen, weil sich oft Hundekackhaufen darunter verstecken und sie schließlich die eklige Arbeit des Auskratzens der Schuhprofilsohlen übernehmen müssen. Maria Scholl saß fröstelnd allein auf einer Bank auf dem Spielplatz und schaute einem kleinen Mädchen zu, dass auf einer Reifenschaukel hockte und laut juchzte, wenn die Mutter es anschubste und die Schaukel es hoch in die Luft schwang. Unter der pinkfarbenen Wollmütze lugten blonde Haarsträhnen hervor. Das Kind erinnerte sie an ihre eigene Tochter Annette, auch sie liebte in diesem Alter die Farbe rosa; neben Kleidung und Spielzeug erstreckte sich diese Vorliebe auch auf das Essen und Maria musste gewaltig ihre Phantasie bemühen, um rosa Kartoffelbrei und Gemüse aufzutischen, denn Möhren waren orange und auch mit einem Schuss Sahne ließ sich die Farbe manchmal nicht zu Annettes Zufriedenheit hinkriegen und dann bekam sie ihren *Rappel,* schmiss das Essen auf den Boden und trampelte darauf herum. Kein Schimpfen, keine strengen Worte oder gutes Zureden vermochten sie zu beruhigen, nur, wenn der eineinhalb Jahre jüngere Markus sich erbarmte, die Schwester ganz fest mit seinen Ärmchen umschlang und immer wieder rief:" Netti, Netti, sei bitte wieder lieb, bitte, bitte!", kam sie wieder zu sich und wurde zu dem vernünftigen kleinen Mädchen, das sie meistens war. "Jetzt muss sie aber bestraft werden!", forderte der fünf Jahre ältere Bruder Thomas und Maria verhängte so etwas wie Taschengeldentzug oder zwei Tage Fernsehverbot. Sie achtete sehr darauf, jedes ihrer Kinder gleich zu behandeln und liebte alle drei, konnte aber ihr

Herz nicht betrügen, das ihr Markus als Liebling bestimmte.

Er war einfach der Sonnenschein der Familie. Und das Merkwürdige daran war auch, dass die anderen beiden keineswegs eifersüchtig auf ihn waren, wie es bei Geschwistern so häufig der Fall ist. Thomas und Annette stritten – Maria sagte *kabbeln* dazu – sich häufig, aber Markus liebten sie abgöttisch. Mit seinen blauen Augen schaute er bewundernd zu seinem älteren Bruder auf, er war sein Vorbild auf allen Ebenen. Die nur wenig ältere Schwester überhäufte er mit Zärtlichkeiten. Tatsächlich hielten die Leute sie oft für Zwillinge. Annette und Markus waren unzertrennlich, sie waren zusammen verreist, sie fingen beide an, Medizin zu studieren, bis Annette schwanger wurde und Klaus heiratete. Sie hätte weiter studieren können, Maria hätte sich gerne um den kleinen Felix gekümmert, aber Annette hatte sich zu einer überbeschützenden Mutter entwickelt und ihren Sohn in den ersten zwei Lebensjahren niemandem anvertraut. Bei der kleinen Lisa war sie viel lockerer gewesen, dachte Maria, die eine heimliche Schwäche für das Kind hatte und zu dem Enkelsohn Felix keine rechte Beziehung aufbauen konnte. Er war sehr verschlossen und es sah aus, als mache er sich nur aus seiner Mutter etwas. Eigentlich hielt ihn Maria für gestört, für sie zeigte er eindeutig autistische Züge. Sie wagte aber nicht darüber zu sprechen. Sie schaute auf ihre Armbanduhr, es war gleich 18 Uhr und Ernst würde schon zu Hause sein. Er würde sich wundern, dass sie nicht da war, sie war immer da, wenn er kam, erwartete ihn, machte es ihm behaglich, setzte ihm das Essen vor, aß selbst immer weniger, manchmal schaute sie ihm nur zu. Merkte er das eigentlich? Merkte er, dass sie immer stiller und *unsichtbarer* wurde? Solch ein Quatsch, unsichtbar ließ sich ja wohl nicht steigern. Sie lächelte still vor sich hin und wer sie jetzt genauer angeschaut hätte, würde die Ähnlichkeit mit ihren Kindern Markus und Annette feststellen. Plötzlich überfiel sie ein unbändiges Verlangen nach einer Zigarette. Sie rauchte seit über dreißig Jahren nicht mehr und sie wusste nicht, woher die Lust darauf kam, aber sie beschloss, noch nicht nach Hause zu gehen und dem Verlangen nachzugeben. Sie überquerte den Spielplatz und unter ihren Schuhen knirschte der Sand. Das kleine Mädchen war längst mit seiner Mutter nach Hause gegangen, andere Kinder waren nicht da. Es gibt so wenig Kinder, dachte Maria. Sie holte aus einem Zeitungsladen am Ende der Straße eine Schachtel Marlboro und ein kleines Einwegfeuerzeug und wunderte sich, wie teuer die Zigaretten geworden waren. Langsam ging sie wieder zurück zum Spielplatz, setzte sich auf die selbe Bank und zog ihre braune Jacke fester um den Körper. Gierig sog sie den Rauch in ihre Lungen, aber was sie erwartet hatte, trat ein und sie musste fürchterlich husten, und obwohl ihre Augen tränten, was sie nicht nur der Zigarette zuschrieb, rauchte sie wie unter Zwang fast bis zum Filter hinunter. Ihr war schwindlig und übel. Es war halb acht und die blaue

Dämmerung war dunkelgrau geworden. Mit steifen Gliedern erhob sie sich langsam und ging nach Hause.

Die Nachricht erreichte Nelli, bevor Rötter sich damit wichtig machen konnte und sie musste sich erst einmal auf ihren teuren, ergonomischen Schreibtischstuhl setzen und bei einem Kaffee aus ihrem Eulenbecher diese unerwartete Wendung der Dinge überdenken. Die Sekretärin Frau Hauschke hatte sie, kaum, dass sie zur Tür herein war, mit der Neuigkeit konfrontiert: Maria Scholl hatte sich letzte Nacht mit Schlaftabletten das Leben genommen. Sie hatte einen Abschiedsbrief hinterlassen, in dem sie gestand, Melanie Schuster, Sabine Brinkmann, Jessica Thiel und Agnes Sembach ermordet zu haben. Als Motiv gab sie an, die drei jungen Frauen wären nicht gut genug für ihren geliebten Sohn gewesen, sie hätte versucht mit jeder von ihnen zu reden, aber keine wäre bereit gewesen, Markus freizugeben. Sie war überzeugt davon, dass sie ihren Sohn tief unglücklich gemacht hätten und allein den Gedanken daran hätte sie nicht ertragen können. Die alte Frau Sembach musste sie umbringen, weil die alte Dame sie gesehen und wiedererkannt hätte. Sie schrieb, sie wäre nicht sie selbst gewesen, als sie die Morde beging und bereue ihre Taten zutiefst; besonders die Eltern der drei jungen Frauen bitte sie um Verzeihung und sie hoffe, durch ihren Selbstmord wenigstens einen kleinen Teil ihrer Schuld zu sühnen. Ihre

Familie bitte sie um Verständnis, aber sie könne mit dieser Bürde nicht mehr weiterleben.

Das war ungefähr der Text des Briefes, den Frau Hauschke telefonisch erfahren und an Nelli weitergegeben hatte.

Eine Frau mittleren Alters bringt kaltblütig die Freundinnen ihres Sohnes um, weil die ihr nicht in den Kram passen? Eine Mutter hat doch immer was gegen die Frauen im Leben ihres Sohnes, oder? An diese Klischeevorstellung glaubte sie, wie sich ja auch andere Klischees oft als Realität herausgestellt haben. Die Mutter macht der Schwiegertochter das Leben zur Hölle, redet schlecht über sie und versucht *ihren* Jungen gegen das böse Weib einzunehmen; und das ein Leben lang! Vielleicht schlagen leidenschaftliche Naturen auch einmal zu und das ein bisschen zu fest. Totschlag im Affekt, das wäre ja auch möglich, ist schon alles vorgekommen, aber vorsätzlicher Mord, daran glaubte sie einfach nicht! Auch nicht, dass Maria Scholl, die zweimal wöchentlich ehrenamtlich in einem Pflegeheim gearbeitet hatte, eine hilflose, alte Frau ertränkt haben soll. Nein, sie deckte jemanden, und zwar eine Person, die ihr sehr nahe stand und von der sie wusste oder glaubte zu wissen, dass sie die Morde begangen hatte. Um diesen geliebten Menschen zu schützen, hatte sie den Tod gewählt, denn sie wusste, dass sie die Polizei im Verhör nicht von ihrer Schuld hätte überzeugen können. Maria war nicht dumm gewesen, auch wenn sie gleichsam wie der Schatten einer grauen Maus in dieser Familie gelebt hatte. Nelli

hatte in diesen müden Augen Funken von Intelligenz entdeckt. Aber wen liebte sie so sehr, dass sie ihr Leben für ihn opferte? Ihren Sohn Markus, das war schon klar. Aber Markus konnte die Morde nicht begangen haben. Wieder und wieder hatten sie ihn überprüft und nichts gefunden. Und das Wichtigste war: er hatte keinerlei Motiv. Oder er war ein Psychopath, worauf nichts, aber auch gar nichts hindeutete. Was war mit Ernst Scholl? Nelli hatte ihn bis jetzt nicht so ernst genommen, er war ihr als eine etwas lächerliche Figur vorgekommen. Maria hatte ihn womöglich sehr geliebt, schließlich hatte sie ihn geheiratet und sie hatten drei Kinder zusammen. Natürlich hatte seine Überprüfung nichts ergeben, und wenn sie etwas übersehen hatte? Obwohl Nelli eine professionelle Sicherheit besaß, was ihren Beruf betraf, war sie nicht frei von Selbstzweifeln, die auch Michael Rötter gut angestanden hätten, wie sie sarkastisch dachte. Hinter seinem glatten, selbstgefälligen Auftreten könnte sich wohl Unsicherheit verbergen, wie einige Kollegen meinten, aber sie glaubte trotzdem, dass er von keinerlei Zweifeln angenagt war. Und da kam er schon zur Tür herein. Wenn man vom Teufel spricht oder vielmehr denkt, dachte sie zynisch, wobei Teufel doch geschmeichelt wäre.
"Guten Morgen, Frau Franke, da haben Sie mich kalt erwischt, ich bin heute etwas spät dran, hab in einem Stau festgesteckt. Es tut mir sehr Leid, dass Sie Ihren Kaffee heute selber machen mussten. Ich hoffe, es hat nicht zu viele Umstände gemacht, Frau Kollegin"

Ich bin deine Vorgesetzte, du blöder Saftsack, dachte Nelli, aber sie grinste ihn an und meinte selbstzufrieden: "So weckt er besser meine Lebensgeister, ich mache ihn nämlich stärker als Sie."

"So hätten Sie doch früher mal etwas gesagt", rief er aus und machte ein dermaßen erschrockenes Gesicht, dass sie wider Willen Mitleid mit ihm empfand. Verdammt, dachte sie, er soll mir aber nicht Leid tun. Trotzdem stand sie auf, holte seinen schlichten weißen, aus einer teuren Porzellanserie stammenden Becher, füllte ihn mit Kaffee und reichte ihn ihm. "Vielleicht finden Sie ihn ja ungenießbar, wer weiß", meinte sie versöhnlich. Überrascht sah er ihr ins Gesicht. "Vielen Dank", er nippte vorsichtig, verschluckte sich trotzdem und brachte unter Husten hervor: "Er ist gut, er ist gut."

"Nun halten Sie sich mal gut fest, Rötter, wissen Sie, was passiert ist?"

Er wurde aschfahl im Gesicht. Es passierte nicht oft, dass er nicht der erste Empfänger von Neuigkeiten war. Beinahe triumphierend setzte sie ihn ins Bild. Eine Minute lang sagte er gar nichts. Sie wusste, dass auch er völlig verwundert war. Und wieder einmal verblüffte er sie, indem er sagte: "Daran glauben Sie doch nicht, oder? Ich meine, dass Maria Scholl diese vier Frauen umgebracht haben will. Die deckt doch jemanden!" Er schrie es fast. "Die will uns doch für blöd verkaufen." Er merkte, dass er ziemlich respektlos von einer Toten sprach und sagte rasch: "Tut mir Leid."

Nelli sagte nachdenklich: "Sie haben ja Recht! Nur, wen will sie decken? Haben Sie eine Idee? Ich weiß, Sie hätten gern Dr. Scholl als Täter. Aber, Rötter", sie betonte jedes einzelne Wort: "er ist es nicht."

"Was ist denn eigentlich mit dem Bruder? Thomas Scholl, nicht wahr? Er ist nur Koch, vielleicht war er eifersüchtig auf seinen Bruder, den erfolgreichen Arzt und Womanizer."

Nelli winkte müde ab. "Er ist immerhin Chefkoch in einem Nobelrestaurant und an Komplexen scheint er mir nicht zu leiden" Sie erinnerte sich an die eigenartige Faszination, die Markus' Bruder auf sie ausgeübt hatte, als sie ihn das erste Mal gesehen hatte. Eigentlich fand sie ihn damals interessanter als Markus, aber das gute Aussehen und der konventionelle Charme des smarten Arztes hatte die Erinnerung an den Bruder überlagert.

Anja Buschkau, die vor einigen Minuten hereingeschlendert war, meinte nachdenklich: „Vielleicht hat Dr. Scholl dem Bruder die Mädchen ausgespannt und Thomas war nicht auf ihn wütend, Blutsbande und so, sondern er wollte die Mädchen bestrafen."

„Das ist eine nette Theorie, Anja, aber Thomas Scholl ist überprüft worden, er hat keines der Mädchen vorher gekannt."

„Die Schwester vielleicht, *sie* fand die Frauen nicht gut genug für Markus."

„Das Motiv halte ich schon nicht für die Mutter stark genug, für die Schwester schwächt es sich noch mehr ab. Außerdem, Markus Scholl hängt sehr an seiner Mutter und Schwester, wenn sie ihm die Mädchen ausgeredet hätten, wäre er wahrscheinlich bereit gewesen, sich von ihnen zu trennen, ich würde ihn so einschätzen." Nellis Gesicht färbte sich leicht rosa und es entging ihr nicht, dass Rötter sie erstaunt ansah.

„Wenn die Mutter mit den Mädchen wirklich geredet hat, würden sie es ihm doch umgehend erzählt haben, oder nicht? Frauen sind doch so. Es wäre eine Möglichkeit, die Mutter bei dem Sohn in ein schlechtes Licht zu setzen." Rötter griff zum Telefon, noch während er redete, Nelli hielt ihn jedoch zurück: „Auch wenn Sie der große Frauenversteher sind, ich würde Dr. Scholl doch lieber persönlich aufsuchen. Er muss ziemlich fertig sein über den Tod seiner Mutter." Sie sah den Unmut auf seinem Gesicht und fügte schnell hinzu: „Wir gehen zusammen hin."

Anja, die in den Akten stöberte, sagte zu Nelli: „Wussten Sie, dass zwei Väter Ernst heißen? Ernst Brinkmann und Ernst Scholl. Aber das ist ja wohl nicht relevant für den Fall, oder? Mein Vater heißt Hans-Jürgen und Ihrer?"

„Melchior", sagte Nelli ungeduldig. Sie hatte nichts übrig für unnützes Geplapper.

„Oh", meinte Anja nur, dann legte sie den Kopf schief und überlegte. „Es wäre doch auch möglich, dass Ernst Scholl mit den Mädchen ein Verhältnis hatte, bevor sie sich dem Sohn zuwandten und aus enttäuschter Liebe hat er sie kaltgemacht", schloss sie triumphierend.

„Das ist kompletter Blödsinn", schnaubte Kadenbach, der ins Zimmer gekommen war und Anjas letzte Theorie mitbekommen hatte. „Es mag ja junge Frauen geben, die für ältere Männer schwärmen, aber gleich drei Freundinnen unseres Doktors? Warum sollten sie den Vater nehmen, wenn sie den jungen umschwärmten Arzt haben konnten?"

„Mhmh, ich glaube, Sie haben Recht, Chef", sinnierte Anja, "das wäre so, als ob man statt mit Ralph Lauren mit dem Kopierjungen schlafen würde. Natürlich wäre es hier altersmäßig umgekehrt", schloss sie lahm, als sie den verwirrten Gesichtsausdruck von Kadenbach sah. „Noch nie *Friends* gesehen, Chef"? Er warf ihr einen verächtlichen Blick zu und sagte zu Nelli: „was haben die jungen Leute von heute bloß im Kopf"?

Etwas beleidigt, weil er sie bei den „jungen Leuten" nicht eingeschlossen hatte, fragte sie ihn: „Wollten Sie etwas Bestimmtes, Chef"?

„Ja, nachdem Maria Scholl ein schriftliches Geständnis hinterlassen hat, ist der Fall doch wohl abgeschlossen. Fertig aus."

„Nein", stöhnten Nelli und Rötter unisono. „Wir sind der Meinung, Maria Scholl deckte einen ihr nahestehenden Menschen. Sie hat die Morde auf sich genommen, wollte aber nicht- was ich ja verstehen kann- dafür ins Gefängnis gehen; außerdem kannte sie ja nicht die näheren Tatbestände, sie wollte aber auch nicht den geliebten Menschen hinter Gittern sehen, ergo schied sie lieber aus dem Leben."

Kadenbach hatte Nelli mit wachsendem Unmut zugehört und fläzte sich auf den abgenutzten Besuchersessel.

„Mein Gott, warum muss immer alles so furchtbar kompliziert sein, warum haben wir es nicht mit normalen, sauberen Verbrechen zu tun, wo alles klar ist? Himmelherrgottnochmal, das ist doch hier nicht der *Tatort*, oder was?!" Er griff nach der nächstbesten Kaffeetasse und trank einen Schluck, dann verzog er angewidert das Gesicht: „Übrigens, unsere Abteilung bekommt eine neue Kaffeemaschine. Einen Vollautomaten von *Jura* mit allen Schikanen. Ich kann Ihnen sagen! Cappuccino, Espresso, alles auf Knopfdruck." Vor lauter Begeisterung hatte er seine Enttäuschung über den nicht abgeschlossenen Fall vorerst vergessen, hob die rechte Hand und eilte zur Tür. „Hab´noch zu tun", nuschelte er dabei und verschwand. Rötter, der etwas blass geworden war, weil es seine Tasse war, aus der sich Kadenbach bedient hatte, bekam nach dieser Nachricht wieder bessere Laune, goss den Kaffee in den Ausguss, spülte den Becher sehr sorgfältig aus und schenkte sich frischen Kaffee ein.

Nelli rieb sich mit dem Zeigefinger über den Nasenrücken und meinte sinnend: „Wer findet eigentlich auch, dass es bei unserem Chef Parallelen gibt zu *Brunettis* Boss, wie heißt er gleich?"

„Vice Questore- oder so ähnlich -*Patta*", sagte Anja sofort Die beiden Frauen bemerkten Rötters Verwirrung. „Sie kennen nicht den berühmten *Comissario Brunetti* von *Donna Leon*? Das müssen schon an die 20 Krimis sein und die meisten davon wurden fürs Fernsehen verfilmt. Mindestens einen müssen Sie doch mal- vielleicht aus

Versehen- gesehen haben", insistierte Nelli. Rötter nahm seine steife Abwehrhaltung ein. „Ich schaue mir nicht wahllos alles an und durch die Kanäle zappen, das kann ich schon mal überhaupt nicht leiden."

„Was Sie alles nicht leiden können", meinte Nelli gutmütig und grinste die kleine Anja an. „Kommen Sie, Rötter, wir statten Markus Scholl einen Besuch ab." Sie warf ihm die Autoschlüssel zu, denn auf der Fahrt wollte sie noch einmal die Berichte in der Akte durchgehen und überlegen, ob sie nichts übersehen oder vergessen hätten. Nachdem sie nach Jessica Thiels Tod alle Gäste sorgfältig überprüft hatten und keiner als Täter in Frage kommen konnte, hing da natürlich die Theorie in der Luft, der Mörder oder die Mörderin wäre von außen gekommen, hätte sich auf dem Hof versteckt und auf Jessica gewartet. Aber auf dem Hof konnte man sich nicht verstecken. Die Mülltonnen standen – nach Wertstoffen getrennt – ordentlich aufgereiht an einer Hecke. Nur eine magere Katze hätte sich dahinter verbergen können. Außerdem wusste der Täter, die Täterin ja nicht, dass Jessica allein in den Hof hinunterkommen würde. Wenn ihr Tod nicht mit den anderen zusammenhing, aber an so viel Zufall konnte Nelli einfach nicht glauben, mussten sie auch in Jessicas beruflichem Umfeld ermitteln. Also waren sie zu dem Fernsehsender gefahren, wo Jessica eine kleine Rolle in einer Krankenhausserie bekommen hatte. Der Produktionsleiter wurde blass, als er hörte, was geschehen war.

„Oh Gott, wie furchtbar! Wissen Sie, sie war nicht besonders gut, deshalb wurde sie aus der Serie herausgeschrieben, in der nächsten Staffel wäre sie einem Serientäter zum Opfer gefallen. Sie wusste aber noch nichts davon," setzte er hastig hinzu. „Arme kleine Jessica, jetzt bin ich froh, dass ich ihr noch nichts gesagt habe."

„Ich dachte, das ist eine Krankenhausserie", sagte Rötter irritiert.

„Ja, aber wir müssen auch etwas Action hineinbringen, sonst sinken die Einschaltquoten und das Ende vom Lied ist dann, dass die Serie abgesetzt wird."

„Was kein großer Verlust wäre," murmelte Nelli, die eine Folge mal gesehen hatte.

„Was?"

Nelli, die keine Lust hatte, über das Niveau deutscher Fernsehserien zu diskutieren, sagte ungeduldig: „Also, können Sie uns über Streitereien, Auseinandersetzungen und dergleichen berichten, die Frau Thiel hatte. Oder weiß vielleicht jemand anderes etwas?" Nelli fiel es schwer, ihre Ungeduld zu zügeln, denn sie hielt diese Befragungen für verschwendete Zeit, wusste aber, dass sie unumgänglich waren. Normalerweise hätte sie Rötter mit Schulte oder Baumann das machen lassen, aber der Krankenstand war zur Zeit hoch, so musste sie wohl oder übel selbst mitgehen.

Der Produktionsleiter machte eine Kopfbewegung zu einer Frau, die an ihnen vorbeirauschte, ohne sie eines Blickes zu würdigen. „Jess war sozusagen mit ihr befreundet, also sie hat ihr schöngetan, Sie verstehen schon, hat sich wohl etwas davon versprochen, die hat einen Gastauftritt in der nächsten Folge, das macht sich immer gut."

„Wer ist denn das nun?", fragte Nelli genervt, indem sie näher auf die Frau zuging. Dann erkannte sie jedoch die bekannte deutsche Schauspielerin, die in der Beliebtheitsskala der Zuschauer ziemlich weit oben angesiedelt war. Sie wollte sie gerade ansprechen, als Rötter ihr zuvorkam und devot erst sich und dann seine Kollegin vorstellte. Die Bezeichnung Kollegin erboste Nelli, sie wollte bestimmt nicht die Vorgesetzte herauskehren, aber bei ihm hörte sich *Kollegin* so an, als hätte er *Assistentin* gesagt. Sie schluckte ihren Ärger hinunter. Später würde sie ihm ein paar Takte sagen.

Der Fernsehstar war stehen geblieben und lächelte sie an, das heißt, sie versuchte zu lächeln, aber die aufgeworfene Oberlippe und die runden Wangen ließen es nicht zu. Das volle Gesicht stand im Gegensatz zu dem erschreckend mageren Körper. Was Botox doch anrichtet, dachte Nelli, denkt sie wirklich, sie sieht jünger aus? Ein paar Falten hätten ihr gutes Aussehen jedenfalls nicht so zerstört. Das Mitleid, das sie spürte, verflüchtigte sich aber schnell, als die Schauspielerin auf ihre Fragen hin in nasalem Tonfall erklärte, das sei ja eine schreckliche Tragödie, wobei sie alle Vokale sehr langgezogen betonte, aber sie könne sich an die Kleine gar nicht erinnern, es würden ihr soo viele Leute hinterher laufen, manchmal könne Berühmtsein eine solche Last sein. Wieder versuchte sie zu lächeln, was abermals misslang. Neckisch versteckte sie ihre Nase im Fell eines winzigen Hundes, der plötzlich unter ihrem breiten Schal hervorlugte und Nelli und Rötter leise anknurrte.

„Uff," stöhnte Rötter, als sie wieder draußen waren, „was war denn das für ein Getue, kann die auch normal sprechen? Und haben Sie diese Flaschenbürste von Hund gesehen?"

Nelli lachte: „Mein Vater nennt solche Hunde Rohrputzer."

Selten waren diese Augenblicke des Einverständnisses zwischen ihnen und als sie jetzt im Auto saß und sich daran erinnerte, warf sie Rötter einen fast liebevollen Blick zu.

Seufzend las sie weiter in der Akte. Die Eltern von Jessica waren schon ziemlich betagt und völlig gebrochen, als Nelli ihnen die furchtbare Nachricht überbringen musste. Jetzt hielt sie eine Liste der Personen in der Hand, die Jessica mehr oder weniger gut gekannt hatte. Die Eltern hatten sie unter großen Mühen mit Hilfe des Sohnes erstellt. Jessicas Bruder meinte, es waren sicherlich viel mehr Leute, aber sein Kontakt zur Schwester war in den letzten Jahren nicht sehr eng gewesen. Rötter hatte sich mit Schulte, der nach drei Fehltagen hustend und schnaubend wieder aufgetaucht war, darum gekümmert. Nellis Blick blieb an einem Namen hängen und sie fühlte ein leichtes Kribbeln in der linken Hand, ihr ganz persönliches Symptom für eine beginnende Aufregung. Hastig blätterte sie die Papiere durch: „Mensch, wo sind

denn die Adressen von den Leuten, was ist denn das für eine Schlamperei, warum ist die Akte nicht vollständig?"
Rötter warf ihr einen ärgerlichen Seitenblick zu: „Es lag in Herrn Schultes Aufgabenbereich, den Vorgang abzuschließen, nachdem wir alle Personen überprüft hatten. Wenn ich das auch noch kontrollieren soll, kann ich ja gleich alles selbst machen," verteidigte er sich.
„Schulte, ach so, schon klar," seufzte Nelli. Der Kollege Schulte war für seine Schusseligkeit bekannt. Er war träge, vergesslich und wartete auf seine Pensionierung, die in einem Jahr erfolgen würde. Keiner würde ihm jetzt also noch Steine in den Weg werfen, aber alle würden aufatmen, wenn er künftig seine Computerspiele nur noch zu Hause machen würde und sie nicht mehr seine Fehler auffangen müssten.
„Andreas Laube, sagt Ihnen der Name was, Rötter?"
Er schüttelte den Kopf, für sein Namensgedächtnis war er nicht gerade berühmt. Nelli kramte ihren kleinen Tablet-PC aus ihrer riesigen Umhängetasche, war im Nu online und nannte Rötter die Adresse von Andreas Laube: „Sagt Ihnen Gartenstraße 5 was in Friedenau?"
„Moment mal, das ist doch.....wohnte da nicht Frau ähm, wie hieß sie noch gleich, Sembach, ja?"
Nelli hatte schon ihr Handy am Ohr und sprach erregt mit Karl-Heinz Schulte. Sie wandte sich wieder Rötter zu: "Andreas Laube war verreist, als Schulte mit ihm sprechen wollte, später hat er es natürlich vergessen oder einfach unter den Tisch fallen lassen."

Rötter wendete den Wagen. „Erst zur Gartenstraße, stimmt`s?"

Nelli nickte aufgeregt: „An soviel Zufall glaube ich nicht, Rötter. Jessica kannte Andreas Laube, der im selben Haus wohnt wie die arme Frau Sembach, deren Tod für *mich* kein Unfall war. Ein guter Grund alles wieder aufzurollen. Vielleicht kommen wir jetzt *endlich* weiter. Der Mörder oder meinetwegen auch die Mörderin darf nicht davonkommen!

Andreas Laube strahlte sie an: „Vier Wochen Camping in Südfrankreich, war toll, wirklich." Nelli schauderte, als sie an die Insekten und Spinnen dachte, die sicherlich massenweise das Zelt gestürmt hatten.

Andreas wurde schlagartig weiß unter seiner Südfrankreichbräune, als sie ihm von Jessicas gewaltsamem Tod berichteten. „Das kann ich einfach nicht fassen! Wissen Sie, wir waren nicht so lange und auch nicht so eng zusammen. Es war ein lockeres Verhältnis, wir haben bald gemerkt, dass wir nicht gut zusammenpassten. Aber dass sie ermordet wurde, das ist.....das passiert doch sonst nur in krassen US-Serien, ich meine, das kann doch nicht....."

Er schwankte etwas und Nelli packte ihn energisch am Arm und schob ihn in den abgewetzten Ohrensessel, der aber sehr gemütlich aussah und sicherlich ein ausrangiertes Stück von Oma und Opa war. Merkwürdig, dachte sie und sah sich in der Wohnung um, hier sieht es noch angenehm altmodisch aus, alles „geerbte" Sachen aus der Verwandtschaft oder vom Flohmarkt billig erstanden, so wie es in meiner Generation oder noch eine halbe davor üblich war; für die erste eigene Wohnung hat man doch selten ein neues Stück gekauft. Sie wusste, dass es heute anders war. Erstens blieben die Kinder so lange zu Hause wohnen, wie es nur ging und fühlten sich mit Dreißig immer noch wie Kleinkinder, womit sie ihre Eltern zur Verzweiflung trieben, zweitens musste die eigene Wohnung mindestens zwei Zimmer haben und alles wurde neu gekauft, selbst Geschirr und Kochtöpfe, natürlich nur Markensachen, sie meinten einfach, es stand ihnen zu, dass die Eltern das alles finanzierten. Nelli kannte einige resignierte Eltern, die fast völlig ausgeplündert waren, aber vor lauter Erleichterung, die Kinder aus dem Haus zu haben, immer neue Kredite aufnahmen. Es ist schon ein Unterschied, ob der zehnjährige Knirps sich in der Küche eine Stulle schmiert und dafür noch ausgiebig gelobt wird oder der dreißigjährige Sohn mit seiner Freundin, die quasi bei ihnen wohnt, stundenlang die Küche okkupiert und verwüstet und freudestrahlend verkündet, dass sie nur mit frischen Zutaten gekocht hätten, alles veggie, schmeckt geil, und Mama, lass bitte das Fleisch nicht so offen im Kühlschrank herumliegen, du weißt, dass Kim sich davor ekelt.

Nachdenklich betrachtete Nelli Andreas Laube, der Mitte zwanzig war und sich wahrscheinlich angenehm von seinen Altersgenossen abhob. „Sehen Sie, die Realität ist manchmal noch grausiger", sagte sie mitleidig. Als er wieder etwas Farbe angenommen hatte, befragte sie ihn mit Rötter genauer über den Zeitpunkt aus, in dem er mit Jessica Thiel befreundet war. Er fiel mit dem Tod Frau Sembachs zusammen.

„Sie haben doch sicherlich mit ihr über die alte Dame gesprochen, oder? Das ist jetzt sehr wichtig, Andreas, können Sie sich erinnern, was Jessica genau gesagt hat?"
Er schaute verwirrt zu ihnen auf, als sie sich beide aufgeregt über ihn beugten. „Ich...mein Gott, das ist ja schon eine Weile her, natürlich haben wir über diesen Badewannenunfall gesprochen. Wissen Sie, ich mochte Frau Sembach, hab ihr die schweren Taschen nach oben getragen, mal eine Glühlampe ausgewechselt u.s.w., sie hatte so eine altmodische Art, das war irgendwie süß und Jess war auch sehr betroffen, als sie von ihrem Tod erfuhr. Ja, was hat sie genau gesagt? Ja, jetzt weiß ich´s wieder! Sie hat gesagt, das arme Altchen, warum hat sie nicht bei uns geklingelt und gesagt, dass sie ein Bad nehmen will, dann hätte sich einer von uns so lange ins Wohnzimmer gesetzt und hätte ihr gleich helfen können. Sie war ein hilfsbereiter Mensch, man hat das gar nicht gleich so gemerkt." Nun kamen ihm doch die Tränen und Nelli tätschelte seine Schulter. Er konnte sich aber an nichts weiter erinnern und enttäuscht verließen sie ihn, um zu Markus Scholl zu fahren.

Das wollte ich natürlich nicht. Oh nein, das wollte ich nicht! Warum hat sich das jetzt so entwickelt? Warum hat sie das nur getan? Hat sie es gewusst? Ich frage mich wirklich, ob sie es gewusst hat. Warum hat sie dann nichts gesagt? Immer alles unter den Tisch kehren, die großen Geheimnisse sogar mit ins Grab nehmen, das sieht ihr ähnlich. Vielleicht hat sie alles gewusst. Das mit Jessica hat sie womöglich bemerkt. Das war auch knapp, sehr knapp. Fast wäre ich erwischt worden. Ich musste improvisieren. Dieses Biest hat mich im Hausflur vor der Wohnung der alten Frau Sembach gesehen, sie hat dort diesen Studenten besucht, der auch in diesem Haus wohnt. Sie war natürlich eine Schlampe, hatte es faustdick hinter den Ohren. Sie wäre nie gut genug für ihn gewesen! Aber ich hatte das Gefühl, dass er es mit ihr ohnehin nicht ernst gemeint hat. Sie sollte ihn wohl nur über Sabines Verlust hinwegtrösten. Das hätte ich natürlich auch getan, wenn ich frei über meine Zeit verfügen könnte. Aber nun muss ich mir die Frage stellen: Will ich das überhaupt? Nein. Mein Leben fordert meine ganze Kraft. Es ist ausgefüllt. Es ist gut so, wie es ist. Warum kann ich dann nicht zulassen, dass er sein eigenes Leben führt? Er darf sich nicht an solche Frauen hängen, das geht nicht!
Ich merke, dass ich ziemlich unten bin. Viel mehr kann ich nicht verkraften. Ich darf die Tabletten nicht mehr nehmen. Sie spenden mir keinen Schlaf und keine Ruhe. Ich höre die Stimmen der anderen nur gedämpft, fühle mich wie unter Wasser. Ich sehe keine Farben mehr, alles

ist grau. Als ich vorhin in den Spiegel schaute, konnte ich wieder mein Gesicht nicht erkennen. Da starrte mir ein fremder Mensch entgegen und die Teile des Gesichts waren wie falsche Puzzleteile zusammengesetzt, wie auf manchen Bildern von Picasso. Und dann geschah etwas wirklich Gruseliges. Diese Fratze grinste mich an und hob eine Hand mit gespreizten Fingern, als wolle sie mir zuwinken. Ich jedoch hatte mich nicht bewegt! Ich fuhr entsetzt zurück und rannte die Treppen so schnell hinunter, dass ich beinahe gestürzt wäre und dann bin ich – ich weiß nicht wie lange- durch die Straßen gelaufen, bis ich völlig erschöpft und kurz vor einem Zusammenbruch war. Da bin ich in den nächstbesten Coffeeshop rein und hab mir einen großen Kaffee geholt. Zum Glück hatte ich etwas Geld in meiner Jackentasche. Die Leute haben mich seltsam angesehen. Einen Augenblick wusste ich nicht, wer ich bin und warum ich mich hier befand. Ich trank den ersten Schluck des sehr heißen Kaffees und die gnädige Kurzamnesie fand ein jähes Ende. Hat sie alles gewusst und wollte mich schützen, hat sie sich für mich geopfert? Aber wie soll ich damit leben? Ist das nicht die schwerste Schuld, die auf mein Konto kommt?

Gott sei Dank gibt es jetzt diese Dinger und andere Annehmlichkeiten mehr, die einem das Leben erleichtern, dachte Nelli, als sie zu Hause den Stick in ihren Laptop steckte. Bei einer Tasse Kaffee und den

Klängen der Filmmusik aus der *Herr der Ringe*- Trilogie las sie auf ihrem Bildschirm noch einmal sorgfältig sämtliche Zeugenaussagen und Ermittlungsergebnisse angefangen mit dem Fall Sabine Brinkmann bis zu dem Schuldbekenntnis Maria Scholls.

Etwas muss ich doch übersehen, dachte sie. In dieser Familie Scholl stimmt ganz entschieden etwas nicht. Was verheimlichen die, was sagen die nicht? Sie las vielleicht zum zwanzigsten Mal die Aussagen der letzten Gäste auf Klaus Brehms Geburtstag. Alle versicherten, dass niemand von ihnen während Jessicas Abwesenheit das Zimmer verlassen hatte. Aber wenn Maria Scholl unschuldig war, wovon Nelli fest überzeugt war, dann musste sie etwas Entscheidendes gesehen haben. Und wenn sie tatsächlich die Mörderin war, musste ihre Abwesenheit ja wohl aufgefallen sein. Hatten dann alle anderen gelogen? Aber welchen Grund sollten dieses Paare Blacher und Busch und Conradi haben zu lügen? Es konnte nur eine Erklärung geben, jemand war so unauffällig verschwunden und wieder hereingekommen, dass es keinem aufgefallen war, nur Maria Scholl hatte es gesehen und ihr wurde klar, wer Jessica und die anderen umgebracht hatte. Und auch warum?

Nelli war gerade dabei eine Tüte Chips aufzureißen, als es an ihrer Haustür klingelte. Sie schaute rasch auf die Uhr: dreiviertel zehn, wer konnte das denn sein? War etwas mit ihrem Vater? Plötzlich beunruhigt stürzte sie zur Tür und hob den Hörer der Gegensprechanlage ab: „Ja? Hallo?"

„Äh, Entschuldigung, hier ist Markus...Markus Scholl."
Ach du Scheiße, dachte Nelli, was will der denn hier? Sie betätigte den Türöffner, nahm sich aber vor, ihn nicht in die Wohnung zu lassen, ihm klarzumachen, wie unprofessionell das wäre und so weiter. Doch als er vor ihr stand, konnte sie nicht gegen ihr Mitleid ankommen und zog ihn herein. Sein strahlendes Robert Redford – Aussehen war unter einem verhärmten Gesicht verschwunden und er musste mehrere Kilos abgenommen haben.
„Nelli, es tut mir Leid, ich wusste nicht, wohin ich gehen sollte, ich weiß, es ist nicht richtig, dass ich gekommen bin. Aber mein Vater steht unter Beruhigungsmitteln, Annette muss sich um ihre Familie kümmern und mein Bruder...na ja, wir hatten uns noch nie viel zu sagen, Kollegen, Freunde...," er blickte sinnend ins Leere. „Ich glaube, Freunde habe ich gar nicht. Man ist so allein und ich weiß auch nicht, wie ich mit anderen darüber reden soll, dass meine Mutter eine Mörderin ist. Mein Kopf ist ganz leer. Ich kann das nicht glauben, ich kann einfach nicht!"
„Ich auch nicht", entschlüpfte es Nelli. Er schaute sie erstaunt an.
„Na komm, jetzt setz dich erst mal. Willst du Kaffee? Oder etwas Stärkeres? Ich habe einen Cognac da, der gar nicht schlecht ist"
„Lieber kein Alkohol, ich kann ohne Tabletten nicht mehr schlafen und das verträgt sich nicht. Aber wenn du Kaffee hättest?"

„Kein Problem", sagte Nelli, während sie in die Küche verschwand und im Korridor rasch einen Blick in den Spiegel warf. Gott, ich sehe unmöglich aus, dachte sie. Sie hatte ihre bequeme Schlumperhose und ein weites Sweatshirt an, ihre Zuhausekluft, wie sie es nannte. Ihre Haare hatte sie mit einem Gummiband nach hinten gezwirbelt und etwas fettig sahen sie auch aus. Aber sie stellte erstaunt fest, dass es ihr überhaupt nichts ausmachte, wie sie aussah. Aha, dachte sie, der Bann oder Zauber oder was auch immer Markus Scholl auf mich ausgestrahlt hatte, ist also gebrochen. Auch gut, ich bin also davon befreit, sie hätte beinahe vergnügt vor sich hingesummt, bis ihr einfiel, wie verzweifelt er nebenan im Sessel saß und hier ihr menschliches Mitgefühl gefragt war.

Sie saßen sich gegenüber, zwischen sich der Couchtisch, auf dem zwei Becher mit dampfendem Kaffee standen. Der Duft zog durch die ganze Wohnung und wirkte wohl anregend auf ihn, denn seine trüben Augen belebten sich etwas.

„Weißt du, als du mit deinem Kollegen bei mir warst, konnte ich nicht so frei sprechen; meine Mutter fehlt mir entsetzlich, ich merke erst jetzt, welche Geborgenheit ich immer bei ihr gefühlt habe. Sie konnte oft meine Gedanken erraten, sie besaß ein unglaubliches Einfühlungsvermögen, bei ihr habe ich nach diesen ......Schicksalsschlägen wirklich Trost gefunden", er schaute mit leeren Augen vor sich hin, während er auf den heißen Kaffee blies. „Und bei Annette natürlich", er sah Nelli mit einem blauen Blick direkt an. „Meine Schwester und ich stehen uns sehr nahe, schon seit der Kindheit, wir haben immer viel gemeinsam gemacht, haben ein ganz besonderes Verhältnis, aber jetzt hat sie ja ihre Familie und ....., na ja, es ist einfach nicht mehr dasselbe. Ich meine, Klaus ist ein lieber Typ und alles, ich mag ihn wirklich, aber wir sind doch nie mehr nur unter uns, Netti und ich, na ja, und mit Sabine dachte ich, könnte es so ähnlich werden, eine eigene Familie wie Netti mit Klaus und den Kindern. Das war so ein Traumbild von mir", er seufzte, „ist kitschig, ich weiß, bitte entschuldige, dass ich bei dir meinen Kummer und mein Elend ablade".

Nelli hatte die ganze Zeit nichts gesagt. Sie war eine gute Zuhörerin. Sie nahm einen großen Schluck Kaffee und meinte nachdenklich, indem sie seine letzte Bemerkung einfach ignorierte: „deine Schwester Annette gibt mir eigentlich Rätsel auf, sie wirkt so....introvertiert, so verhalten, ist sie eigentlich glücklich in ihrer Ehe?"

Er wirkte leicht erstaunt und Nelli dachte, dass die Gabe der Empathie wohl eher nicht zu seinen mentalen Fähigkeiten gehörte. „Darüber habe ich mir noch nie Gedanken gemacht. Mutter hätte es gewusst", meinte er traurig. Er knabberte an seinem Daumennagel: „ich weiß, dass Netti sich immer viel Sorgen um ihre Kinder macht, besonders um Felix, er ist.....," er brach ab und schaute eine Weile stumm vor sich hin, „er braucht ihre ganze Zuwendung, er ist ein sehr schwieriges Kind, kränkelt oft. Nach meiner Meinung weist er gewisse Züge des

Asperger-Syndroms auf, der Kinderarzt wollte ihn einem Spezialisten vorstellen, aber Annette will nichts davon wissen. Da ist sie unglaublich stur".
„Das kleine Mädchen wirkt sehr aufgeweckt":
„Oh ja, Lisa ist ein tolles Kind, sie hat das von Netti, meine Schwester ist, wie ich schon einmal erwähnt habe, hochbegabt. Sie war früher sehr ehrgeizig, sie hat viel mehr drauf als ich", er sagte es völlig neidfrei und mit Bewunderung für die Schwester. „Ich bin gerade mal Durchschnitt. Aber Annette hatte vor, in die Forschung zu gehen, ich bin überzeugt, sie hätte es weit gebracht als Wissenschaftlerin, aber sie hat sich für ihre Familie entschieden".
„Sie ist doch noch jung, sie könnte ihr Studium wieder aufnehmen, wenn die Kinder selbstständiger sind".
„Natürlich ginge das, aber Netti hätte sicher das Gefühl, ihre Kinder zu vernachlässigen, wenn sie wieder studierte. Dieses Gefühl würde sie, glaube ich, nicht ertragen".
Er schaute sie intensiv an: „du kannst das nicht verstehen, oder? Du machst eine steile Karriere bei der Polizei, scheint mir. Familie ist dir nicht so wichtig"?
Hast du eine Ahnung, dachte Nelli, wehrte sich aber dagegen, dass er persönlich wurde und führte ihn geschickt auf das Thema seiner Familie zurück.
„Und dein Bruder? Zu ihm ist dein Verhältnis also nicht so gut?"
„Es ist aber auch nicht schlecht. Thomas ist ein feiner Kerl."

Alle sind so lieb und nett, spiel mir doch nicht die glückliche Familie vor, dachte Nelli, das sogenannte Geständnis und der Selbstmord deiner Mutter sagen etwas ganz anderes."
Als hätte er ihre Gedanken gelesen, sagte er: "Die Tat meiner Mutter zeigt nun, dass wir nicht die Bilderbuchfamilie sind....waren. Ich möchte noch etwas zu meinem Bruder sagen. Er steht immer am Rande und ist der stille Beobachter. Das heißt aber nicht, dass er nicht dazugehört, nein, er ist so....ja, so eigenständig oder besser, er ist ein total unabhängiger Geist. Ich weiß, dass er uns alle sehr gern hat, aber er braucht uns nicht, er scheint immer so überlegen und frei. Und nun ist er durch die Tat unserer Mutter so in Konfusion und Sprachlosigkeit geraten, dass er mir ganz fremd erscheint."
Er trank wieder ein paar Schlucke Kaffee und starrte eine Weile vor sich hin, bevor er fortfuhr: „Es kann einfach nicht wahr sein, dass Mutter Sabine, Melanie und Jessica ermordet haben soll. Zu Sabine hatte sie ein ausgesprochen warmherziges Verhältnis, sie sagte, vielleicht könne sie ihr die Mutter ersetzen, die Sabine so früh verloren hatte. Sie hat sie nicht ermordet, unmöglich"! Die letzten Worte schrie er beinahe, dann vergrub er sein Gesicht in den Händen und weinte so hemmungslos und verzweifelt, dass Nelli nicht anders konnte als sich neben ihn zu setzen und beruhigend seine Schulter und seinen Rücken zu streicheln. Nach einer ganzen Weile stand sie auf und holte ihm aus dem

Badezimmer einen Kasten mit Kleenextüchern. Nachdem er sich ausgiebig geschneuzt hatte, entschuldigte er sich wieder: „Du musst mich ja für eine richtige Heulsuse halten, aber ich konnte mich nicht mehr beherrschen".
Sie wusste, dass es nach den Klischees in Frauenzeitschriften klang, sagte aber trotzdem, sie fände es toll, dass ein Mann auch weinen kann, nur dann sei er für sie ein richtiger Mann und blablabla, dachte sie. Gleich darauf schämte sie sich aber, seine Verzweiflung war echt und sie speiste ihn mit diesem Quatsch ab. Was sagte man in diesem Fall jedoch, welche Worte wählte man zum Trost? Am besten schweigt man und macht ein mitfühlendes Gesicht, hörte sie Lillis Stimme in ihrem Kopf. Na, nun war es heraus und nicht mehr zu ändern und Markus Scholls Reaktion zeigte ihr, dass es bei ihm nicht schlecht angekommen war. Er schaute ihr intensiv in die Augen und streichelte mit dem linken Handrücken ihre Wange. „Du bist wirklich ein ganz besonders lieber Mensch und eine sehr verständnisvolle Frau". Schnell setzte sie sich wieder ihm gegenüber in den Sessel. Wenn er jetzt noch sagt, der Mann, der mich mal kriegt, kann sich glücklich schätzen, schmeiß ich ihn `raus, dachte sie grimmig, aber er sagte etwas anderes.
„Ich weiß, du denkst, meine Mutter wollte einen von uns schützen; ich kann mir jedoch keinen aus der Familie als Mörder vorstellen. Nelli", sagte er dann eindringlich, „bitte glaube mir, ich war es nicht! Oder ich bin schizophren oder so was in der Art und kann mich an nichts erinnern."

„Keine Angst, du warst es nicht, das habe ich mit meinen Kollegen alles hundertmal überprüft. Du kannst es nicht gewesen sein, es sei denn, du hättest einen eineiigen Zwilling."

„Das wäre mir neu", lächelte er, „komm doch wieder auf die Couch", er klopfte mit der Hand auffordernd neben sich.

„Nein, ich denke, es ist besser, du gehst jetzt, ich muss morgen früh `raus".

Ein paar Sekunden schaute er sie eindringlich an und öffnete den Mund, als ob er noch etwas sagen wollte, doch dann sah er zur Seite, stand seufzend auf und umarmte sie fest. „Danke", flüsterte er in ihr Ohr und küsste sie auf den Mund. Bevor er ihr die Zunge in den Mund stecken konnte, schob sie ihn von sich und zur Tür hinaus: „Komm gut nach Hause, ich hoffe, du hast eine ruhige Nacht." Sie stand noch ein paar Sekunden hinter der geschlossenen Tür und horchte in sich hinein, konnte aber kein Bedauern spüren, dass sie ihn weggeschickt hatte.

Nelli hatte gehofft, dass Kadenbach einen seiner wenigen guten Tage hatte und ihr lachte das Glück. Sie hatte ihn gebeten sich intensiv um den Fall *Scholl Family*, wie er jetzt auf der Dienststelle scherzhaft genannt wurde, kümmern zu dürfen und die anderen anstehenden Sachen, die es ja auch zu bearbeiten galt, mehr auf die Kollegen verlagern zu dürfen. Kadenbach fing zwar erst zu jammern an, aber nachdem er sich ausschweifend geäußert hatte, gab er ihr freie Bahn.

„Ich weiß, dass es sich in den Fernsehkrimis immer gut macht, wenn die Verdächtigen zu Hause aufgesucht werden oder auf ihrer Arbeit, wo sie sich keineswegs ablenken lassen und dem Zuschauer laute Motorengeräusche und solch ein Zeug zugemutet wird, das ist ja in der Realität eher selten, also beschränken sie sich möglichst darauf, die Leute zu uns zu bitten oder vorzuladen, falls sie sich weigern sollten", schloss er grimmig.

„Klar, Chef", beruhigte Nelli ihn, „aber einige muss ich doch zu Hause aufsuchen, wegen des Überraschungseffekts. Sie sind spontaner, sagen vielleicht eher die Wahrheit, haben keine Zeit sich viel zurechtzulegen."

„Sie gehen mir zu niemandem alleine hin, haben wir uns verstanden"? donnerte er.

Nelli, die nicht wild darauf war, sich in lebensgefährliche Situationen zu begeben, sagte ehrlich: „Nein, aber manchmal sagen Zeugen mir mehr, wenn ich alleine bin, das wissen Sie auch. In diesen Fällen bleibt Kollege Rötter (oder ein Anderer, setzte sie in Gedanken hinzu) im Auto und hört mit, wenn ich ein verborgenes Mikro am Körper habe."

„Wofür Sie sich vorher eine Genehmigung besorgt haben, vergessen Sie das nicht"!

„Natürlich, Chef".

Thomas Scholl wohnte ganz oben in einem Hochhaus. Der Fahrstuhl war sehr schnell und Nelli musste mehrmals schlucken, um ihre Ohren wieder frei zu kriegen. Wie sie wusste, litt Rötter unter Klaustrophobie und so hatte er auch seine sonst tadellosen Manieren vergessen und stürzte als erster aus dem Fahrstuhl. Er war ein wenig blass um die Nase und Nelli meinte schadenfroh: „Wenn Sie die Treppe genommen hätten, wäre Ihr Fitnessprogramm für heute komplett".
„Fünfzehn Stockwerke sind selbst mir zu viel", meinte er schaudernd. „Was wollen wir eigentlich bei ihm? Seine Alibis sind wasserdicht, das haben wir doch alles x-mal geprüft".
„Darum geht es auch nicht, ich möchte seine Meinung über die Familienmitglieder hören, darüber wissen wir zu wenig".
Er verzog mürrisch den Mund und drückte auf die Klingel. Wie in solchen Fällen üblich, hatten sie ganz kurz vorher angerufen, um sicher zu stellen, ob er zu Hause war. Es war viertel sechs nachmittags, vielleicht ging er abends ins Restaurant arbeiten oder er hatte frei, wie auch immer.
Sein Zweizimmerappartement war mit soliden Möbeln ausgestattet und eine lockere Nachlässigkeit verbreitete eine sympathische und gemütliche Atmosphäre. Er nahm die aufgeschlagene Tageszeitung vom Sofa, damit sie sich setzen konnten. Nelli hatte fast vergessen, wie konzentriert und dem Gesprächspartner ganz zugewandt

der Blick von Thomas Scholl war. Äußerlich eher unscheinbar im Gegensatz zu seinen attraktiven Geschwistern machte ihn diese Eigenschaft durchaus interessant. Sie beschloss, ohne Umwege ihr Ziel anzusteuern: „Herr Scholl, glauben Sie, dass Ihre Mutter diese Taten begangen hat, wie sie in ihrem Abschiedsbrief behauptet"?

„Niemals, das ist unvorstellbar! Ich grübele Tag und Nacht, warum sie das gesagt, vielmehr geschrieben hat. Ja, ich weiß, diese Erklärung bietet sich an: sie wollte einen von uns schützen. Vielleicht hat sie sich da etwas zusammengereimt, etwas völlig missverstanden und war dann überzeugt, einer von uns hat diese Verbrechen begangen. Ich weiß es einfach nicht!" Seine Stimme klang verzweifelt. „Ich habe in letzter Zeit nicht viel mit ihr sprechen können, weil ich beruflich ziemlich in Anspruch genommen war." Er schaute nachdenklich aus dem großen Panoramafenster mit dem atemberaubenden Blick. Die Sicht war etwas beeinträchtigt durch das diesige Wetter, aber in der Ferne war der Fernsehturm am Alexanderplatz zu erkennen und die gläserne Kuppel auf dem Reichstag.

„Ich bin der Älteste von uns dreien, ich hatte meine Mutter fünf Jahre ganz für mich, bevor meine Geschwister kamen. Wissen Sie, Annette und Markus sind fast wie Zwillinge, einhalb Jahre trennen sie nur, sie haben immer alles zusammen gemacht und Markus ist der erklärte Sonnenschein der Familie. Alles dreht sich um ihn, alle tanzen um ihn herum. Ich weiß, was Sie jetzt denken, ich muss doch –zumindest als Kind - mächtig eifersüchtig auf ihn gewesen sein. Aber ob Sie das glauben oder nicht, das ist nicht der Fall. Und das ist nur meiner Mutter zu verdanken. Sie hatte so eine Art, sich ganz und gar mir zu widmen, wenn sie die anderen beiden ins Bett gebracht hatte. Endlich habe ich Zeit für meinen Großen, sagte sie dann immer, endlich kann ich mit dir ein Buch lesen, das mich auch interessiert, das lass ich mir nicht nehmen, darauf freue ich mich schon den ganzen Tag. So was sagte sie zum Beispiel. Ich.....", seine Stimme zitterte jetzt und er musste schlucken, um das Weinen zu unterdrücken, er holte tief Luft und fuhr fort: „Ich habe mich nie zurückgesetzt gefühlt; sie hatte eine außergewöhnliche Gabe, jedem von uns das Gefühl zu vermitteln, etwas ganz Besonderes zu sein. Nur Vater fühlte sich wohl etwas vernachlässigt, da gab es öfter mal Streit zwischen ihnen. Er warf ihr vor uns zu sehr zu verwöhnen, aber wahrscheinlich war er nur eifersüchtig, denn wenn er Urlaub hatte, hat er oft und gern mit uns Kindern gespielt." Er holte wieder tief Luft. „Sehen Sie, ich weiß wohl, das hört sich alles so toll an, ich will damit nicht sagen, dass meine Mutter nicht auch Fehler gemacht hat oder uns Kinder nicht auch angeschrien hat, wenn sie überfordert war. Ich bin mir auch bewusst, dass jeder die Kindheit verklärt, das heißt, wenn sie im großen und ganzen doch sehr schön war, aber dieses Verhältnis zu meiner Mutter hat doch bewirkt, dass ich zu ihr eine ganz bestimmte Vertrauensbasis aufgebaut habe, die bis jetzt fort besteht.. stand."

Eine Träne rollte seine rechte Wange hinunter und blieb an seinem Kinn hängen. Er wischte sie mit dem Handrücken weg.

„Ich war ihr Vertrauter, mit mir hat sie alles besprochen. Wenn sie Sorgen hatte mit Netti und Markus oder andere Dinge, alles hat sie mit mir besprochen. Eigentlich hätte Vater ihr Ansprechpartner sein müssen, aber er war ja nie da, hat immer nur ans Geldverdienen gedacht."

„Und von diesem Wohlstand hat ja auch die ganze Familie profitiert, nicht wahr?" mischte sich Rötter mit säuerlicher Stimme ein.

Thomas Scholl lächelte: „ja, da haben Sie völlig Recht, aber wissen Sie, was noch wichtiger ist als seine Kinder mit materiellen Dingen zu überhäufen? Zeit. Zeit ist das kostbarste Geschenk überhaupt!"

Nelli, die eine ganz persönliche Vision von Thomas Scholl hatte, wie er auf dem Boden des Kinderzimmers herumkroch und mit einer Horde Kleinkinder spielte und balgte, während sie, Nelli, mit mehlbestäubten Händen in der Küche Kekse buk, schaute den Mann vor ihr leicht träumerisch an. Dann riss sie sich zusammen und war wieder die kompetente Polizeikommissarin. Sie verdonnerte Rötter mit einem Blick zum Schweigen und fragte: „Herr Scholl, hat es irgendwann einen, wie soll ich sagen, einen Riss in der Beziehung zwischen ihren beiden Geschwistern gegeben?"

„Sie meinen einen Streit oder so was?"

„Nun ja, Sie sagten selbst, sie waren fast wie Zwillinge, machten alles gemeinsam und dann gibt Annette ihre

vielversprechende Karriere auf und widmet sich ganz ihrer Familie. Das heißt doch, sie hat auch ihr enges Verhältnis zu ihrem Bruder Markus aufgegeben, wie ist er damit zurechtgekommen?"
Thomas zupfte nachdenklich mit Daumen und Zeigefinger an seiner Unterlippe. „Hmm, wie war das damals, ich war ja schon ausgezogen, aber es stimmt, wir waren alle überrascht, als Netti verkündete, sie würde Klaus heiraten und das Studium aufgeben. Sie war ja auch plötzlich und doch wohl ohne es zu planen schwanger geworden. Sie hat Klaus auf irgendeiner Party kennen gelernt und dann ging alles sehr schnell. Plötzlich war er immer dabei, gehörte zur Familie."
Wieder schaute er aus dem Fenster: „Annette war schon immer ein ruhiger Mensch, aber seit damals ist sie noch stiller geworden, sie verblasste geradezu, Lebhaftigkeit zeigt sie eigentlich nur im Umgang mit ihren Kindern. Oh Gott, warum ist mir das nicht eher aufgefallen, sie ist wirklich als eigenständige Persönlichkeit immer schattenhafter geworden. Und Markus wirkte ziemlich verloren, als Netti ihre eigene Familie gründete. Vielleicht auch etwas traurig, von einem Streit zwischen den beiden weiß ich aber nicht, nein. Er hat sich dann auch wieder gefangen, hatte jede Menge Mädchenbekanntschaften." Er grinste und sagte fast mit Stolz in der Stimme, wie es schien: „Mein Bruder ist ein Frauentyp, alle sind wie wild hinter ihm her."
„Ja, das ist mir auch schon aufgefallen", meinte Nelli leicht verlegen. Er wird doch seinem Bruder nicht von

ihrem *One Night Stand* erzählt haben, dachte sie wütend. So in der Art, stell dir vor, ich habe die Kommissarin flachgelegt. Nein, entschied sie, die Scholls waren doch etwas kultivierter, oder nicht, waren Männer sich da nicht sehr ähnlich, wenn sie mit ihren Eroberungen angaben? Würde ich weniger in Klischees denken, wenn ich nicht so viel Ratgebermist in Frauenzeitschriften lesen würde und dafür mehr von Thomas Mann? Auf jeden Fall, hörte sie Lillis Stimme in ihrem Kopf. Sie nahm sich fest vor, heute Abend im Bett die Hörbücher von Thomas Manns Erzählungen einzulegen, die ihr die Freundin zum Geburtstag geschenkt hatte.

Zeit sich zu verabschieden, beschloss sie und dankte Thomas Scholl für das Gespräch. Er schaute den beiden Polizeibeamten mit rätselhaftem Blick hinterher.

Nelli klingelte bereits zum zweiten Mal bei Brehm, als die Wohnungstür ungeduldig aufgerissen wurde. Sie hatte sich dieses Mal nicht angemeldet, sondern vor dem Haus gewartet, bis Annettes Golf in die Einfahrt bog. Annette saß am Steuer, hinten im Kindersitz – war er dafür nicht schon viel zu groß? – ihr Sohn Felix.

Rötter, der aus ihr unerfindlichen Gründen vor Müdigkeit fast einnickte – schließlich behauptete er immer, stets frühzeitig ins Bett zu gehen, um ausgeschlafen den Dienst anzutreten – hatte sich aus der gegenüberliegenden

Bäckerei einen *Coffee to go* geholt und wollte sich schnell noch mit ein paar kochend heißen geschlürften Schlucken die Kehle verbrennen, um dann hurtig, wie er sich ausdrückte, nach- zustoßen. Manchmal, dachte sie, war er schon putzig mit seiner antiquierten Ausdrucksweise. Hatte er gestern etwa ein Date gehabt mit einer *richtigen* Frau? Ob real oder virtuell, seine Müdigkeit musste ja einen Grund haben. Wenn man auf diesen Typ Mann stand, sah er gar nicht mal schlecht aus, überlegte Nelli, während sie ihn sinnend betrachtet hatte.

Annette Brehm hatte dunkle Ringe unter den Augen und ihre Wangen waren hohl. Sie wirkte gehetzt, bemühte sich aber um Freundlichkeit. „Guten Tag, Frau Kommissarin Franke, haben Sie noch weitere Fragen? Aber bitte kommen Sie doch herein."

Das Wohnzimmer blitzte vor Sauberkeit und war tadellos aufgeräumt, die Tageszeitung lag akkurat zu einem Rechteck gefaltet auf einem kleinen Beistelltisch neben einem tiefroten Ledersessel und selbst Nelli, die Sauberkeit und Ordnung liebte, war leicht erschrocken über die sterile Atmosphäre. Nachdem Annette Nelli zum Platznehmen aufgefordert hatte und ihr auf Wunsch einen Kaffee oder Tee in Aussicht stellte, sagte sie: „Würden Sie mich einen Augenblick entschuldigen, ich möchte, dass mein Sohn sich hinlegt, er hat eine Erkältung, wir waren beim Kinderarzt, ich komme sofort zu Ihnen." Sie war schon auf dem Weg ins Kinderzimmer. Nelli ergriff die Gelegenheit und lief ihr einfach hinterher. „Das tut mir aber Leid, hat er denn Fieber?"

„Nur leicht erhöhte Temperatur, aber er soll nicht herumtoben, sondern sich ausruhen."
Das Kinderzimmer war überraschenderweise auch sehr ordentlich. Nichts lag herum, diverse Stofftiere lagen und saßen in Reih und Glied auf der fröhlich bunt gemusterten Tagesdecke auf dem Bett, am Rand saß Felix mit einem hellblauen Wollhasen im Arm. Stumm schaute er Nelli mit seinen schönen, blauen Augen an. Auch bei bestem gesundheitlichem Zustand konnte sie sich einen herumtobenden Felix nicht vorstellen. Mit dem Jungen stimmt etwas ganz und gar nicht, dachte sie. Sie lächelte ihn freundlich an. „Wo ist denn deine Schwester? Du räumst aber dein Zimmer gut auf." Wohl wissend, dass sie zwei Fragen auf einmal gestellt hatte, erwartete sie gar keine Antworten und das Kind drehte sich auch zu seiner Mutter und beachtete Nelli nicht weiter.
Annette sagte, dass Lisa bei einer Freundin sei, damit Felix sich ausruhen solle. Wovon denn ausruhen, dachte Nelli. Sie dachte an das Chaos in Lillis Zuhause, überall lagen Sachen der Kinder verstreut und als die noch klein waren, war man in dem gesamten Reihenhaus mit den 5 Zimmern über ihr Spielzeug gestolpert. Nelli hatte es Spaß gemacht zusammen mit den Kindern deren Kram aufzuräumen, während Lilli mit hochgelegten Beinen auf dem Sofa lümmelte und sich mit einem Buch
(wahrscheinlich von diesem unsäglichen Thomas Mann) genüsslich eine halbe Stunde Pause gönnte.
„Leg dich hin, Schatz," sagte Annette zu ihrem Sohn und deckte ihn zu mit einer kleinen Decke, die mit lauter

kleinen blauen Elefanten bedruckt war und die sie wie aus dem Nichts gezaubert plötzlich in der Hand hielt. Dann nahm sie einen I-Pod aus der Station vom Nachtisch des Jungen in die Hand und fragte ihn, was er hören wolle. „Die wilden Piroggenpiraten," sagte Felix leise. Seine Mutter suchte das auf dem I-Pod aus und steckte ihn wieder in die Station. Nelli dachte wehmütig an den Kassettenrecorder aus ihrer Kindheit. Die Nudel, wie ihre Mutter ihn nannte, stand auf dem Boden neben ihrem Bett und zum Einschlafen hatte sie am liebsten *Fünf Freunde,3 Fragezeichen* und *Bibi Blocksberg* gehört. Sie wunderte sich, dass Annette Felix einerseits wie ein viel jüngeres Kind behandelte und dass er andererseits so ein teures Gerät besaß. „Ja," ging Annette jetzt auf Nellis zweite Bemerkung ein, „Felix hält sein Zimmer gut in Ordnung, seine Schwester Lisa ist da ganz anders, sie wirft alles umher, stellt ein unbeschreibliches Durcheinander an, deshalb lässt Felix sie auch nicht gerne in sein Zimmer, nicht, mein Hase? Ruh dich jetzt schön aus, Mami muss mit der Frau Franke sprechen."

Mit Bedauern dachte Nelli an das aufgeweckte kleine Mädchen, welches damals so eifrig sein Bild gemalt hatte. Dunkel ahnte sie, dass es die Kleine nicht leicht haben musste in dieser Familie. An der Wohnungstür klingelte es und sie sagte, das müsse ihr Kollege sein. Annette führte Rötter ins Wohnzimmer, wo sie ihm einen Platz auf dem Sofa anbot. Dann fragte sie die beiden Kriminalbeamten, ob sie ihnen Kaffee oder Tee anbieten dürfe. Rötter meinte, er habe gerade Kaffee getrunken, doch Nelli nahm dankend an, wobei sie Annette in die riesige Küche folgte und überflüssigerweise ihre Hilfe anbot. Sie wollte wissen, wie sich die Frau bei den alltäglichen Verrichtungen anstellte, ob sie Nervosität verriet, indem sie etwas verschüttete oder dergleichen. Annettes ruhige, anmutige Bewegungen verrieten keine Gemütsbewegung, nur in ihren großen, blauen Augen, den Augen ihres Bruders, lag, wie Nelli zu erkennen glaubte, ein gehetzter Blick. Sie hätte gerne gewusst, was in dieser Frau vorging, würde sie ihre Maske fallen lassen, nur einen Augenblick?

„Wo hat Blanca den Kaffee verstaut, wissen Sie, ich trinke meistens Tee," sagte sie zu Nelli. „Blanca ist meine spanische Haushaltshilfe," fügte sie zur Erklärung hinzu. Nelli glaubte sich in eine amerikanische TV-Serie versetzt, nur dass in diesen Serien die Küche längst nicht so steril und blitzblank wirkte wie hier. Alles sah dort immer so gemütlich vollgeräumt mit vielen Kleinigkeiten aus und an der Kühlschranktür hingen Zettel an vielen bunten Magneten. Der Kühlschrank hier, den Annette jetzt öffnete, um die Milch herauszunehmen, war glatt und blank und Nelli musste absurder weise an die Pathologie denken. Als alles fertig war und sie zu dritt vor dem nachträglich gebauten Kamin saßen, der echtes Holz enthielt, aber doch nicht wirklich funktionieren konnte, oder? Nelli konnte es sich jedenfalls schlecht vorstellen, kostete sie vorsichtig ihren heißen Kaffee, verbrühte sich die Lippen und dachte mit leisem Bedauern an ihre Schadenfreude von vorhin Rötter gegenüber. Annette saß in angespannter Haltung vorn auf dem Rand ihres Sessels. Unter ihrem hellen Kaschmirpullover zeichnete sich kaum ihre Brust ab. Beim letzten Mal hatte Nelli ihre überschlanke Figur bewundert, inzwischen musste sie noch einiges abgenommen haben. An ihren dünnen Handgelenken traten die Knochen überdeutlich hervor. Sie bemerkte Nellis Blick und zog die Ärmel ihres Pullovers bis zu den Fingern herunter. Nelli warf Rötter einen verstohlenen Blick zu. Der verstand den Wink und fragte ihre Gastgeberin, ob er mal ihr Badezimmer benutzen dürfe. Diesen Klassiker hatten sie vorher abgesprochen. Rötter würde möglichst leise und unauffällig in den Schränkchen nach Tabletten u.s.w. schnüffeln. Die beiden Frauen waren jetzt allein und zu Nellis Erstaunen begann Annette das Gespräch. „Für mich steht fest, dass meine Mutter nicht Markus´ Freundinnen umgebracht hat. Ihr Geist muss sich nach all diesen Aufregungen verwirrt haben, sie muss plötzlich an einer Psychose erkrankt sein oder was auch immer", ihre Stimme wurde lauter und heftiger, „vielleicht hormonelle Ursachen, so etwas gibt es durchaus!" sagte sie auf Nellis erstaunten Blick hin.

„Frau Brehm," sagte Nelli mit leiser, behutsamer Stimme, „bei der Obduktion Ihrer Mutter wurde auch ihr Blut untersucht und auch das Gehirn auf einen möglichen Tumor, der Gerichtsmediziner hat nichts feststellen können."

Annette lächelte wehmütig und sagte:

„Ich habe ein paar Semester Medizin studiert, eine endogene Psychose z.B. lässt sich anatomisch nicht nachweisen."

„Dann hätten Sie sicher bei Ihrer Mutter Anzeichen dafür bemerkt", meinte Nelli mit Nachdruck in der Stimme.

Annettes Augen irrten über die gegenüberliegende Wand: „Ach, in letzter Zeit habe ich mich nicht so viel um meine Mutter kümmern können, die Kinder, wissen Sie, besonders Felix, er ist ja so anfällig. Oh Gott", sie schluchzte auf, „ich habe so ein schlechtes Gewissen, dass ich nicht gemerkt habe, wie es um meine Mutter stand! Das werde ich mir nie verzeihen."

Ist das jetzt Theater oder echt, dachte Nelli, ich kann diese Frau nicht einschätzen. Einerseits wirkt sie distanziert und dann wieder sehr einnehmend durch ihre Liebenswürdigkeit. Das ist bei allen drei Geschwistern so, sie sind so glatt, man bekommt sie einfach nicht zu fassen.

„Denken Sie nicht auch, dass Ihre Mutter jemanden decken will? Und das kann doch nur jemand aus der Familie sein, oder"? Nellis Stimme war sanft und leise.

Annette hatte wieder den gehetzten Blick und ihr Körper zeigte nun einen leichten Tremor wie bei einem Parkinsonkranken. Ihre Stimme wurde zum ersten Mal laut: „Aber es ist doch unmöglich, dass jemand von uns diese Frauen umgebracht haben soll. Sie haben doch auch alles mehrmals überprüft, nicht wahr? Es kann keiner von uns gewesen sein"!

„Mami?" Felix rief aus dem Kinderzimmer, „was ist denn los, warum schreist du so?"
Annette sprang sofort auf, nicht ohne sich vorher bei Nelli und Rötter, der aus dem Badezimmer zurück war, zu entschuldigen.
„Kümmern Sie sich ruhig um Felix," meinte Nelli, „wir finden alleine 'raus."
Wieder draußen meinte sie zu Rötter: "Sagen Sie, Rötter, was halten Sie von dieser Frau?"
„Tja, so ein Madonnentyp," meinte er versonnen, „Und eine schreckliche Glucke. Haben Sie gemerkt, welches Theater sie um den Jungen gemacht hat?" Aber man kann sie schwer einschätzen."
„Ja," sagte Nelli und hörte ihren Magen knurren.

Der Regen prasselte schwer an die Scheiben und schlug in den Rhythmus der schwermütigen und sinnlichen Musik aus Wagners *Walküre* um, als er ein wenig nachließ. Sieglind, Sieglind, sang Nelli nahe an deren Hals und sog tief ihr schwüles Parfum ein. Da bot ihr Sieglind aus einer perlmutternen Dose Cognackirschen an. Die Maraschino-Bohnen liegen unten, flüsterte sie. Nein, die sind für mich, rief Markus, der vor ihnen kniete, Sieglind verzweifelt anschaute und den Kopf in Nellis Schoß legte. Sie streichelte und streichelte sein Haar, bis es büschelweise ausfiel und sein Kopf eine einzige, glänzende Mondfläche war. Die Musik schwoll immer mehr an und an und würde niemals mehr aufhören, sie war so klebrig und zähflüssig wie fetter Butterteig, der schwer vom Löffel fällt. Nelli blies ihre Backen auf und auf und noch weiter, bis sich alles in einem feuchten Niesanfall auflöste und sie sich abrupt im Bett aufsetzte. Sie war noch so in ihrem Traum gefangen, dass sie einige Minuten brauchte, um sich zu orientieren. Sie knipste ihre Nachttischlampe an und sah auf ihren Wecker: viertel sechs. Sie konnte noch zwei Stunden schlafen. Sie putzte sich ausgiebig die Nase, lehnte sich seufzend ins Kissen zurück und grübelte über eine mögliche Bedeutung des Traums nach, denn sie war eine überzeugte Anhängerin von Freuds Traumtheorie, wobei sie aber auch einräumte, dass einige Träume auch nur *Schäume* sein könnten. Klar war natürlich, dass ihr Traum beeinflusst wurde von Lillis Geschenk, den Hörspielen von den Thomas Mann – Erzählungen. Den *Tristan* hatte sie noch ganz gehört, bei *Wälsungenblut* jedoch war sie eingeschlafen. Überhaupt, welch ein Titel und was für unsympathische Personen. Diese Geschwister, oder waren es sogar Zwillinge? hatten sie bis in ihren Schlaf verfolgt, oder eigentlich nur Sieglind und plötzlich war Markus Scholl aufgetaucht. Dachte sie noch so viel an ihn, das er sie bis in ihre Träume verfolgte? Quatsch, rief sie sich selbst zur Ordnung, dieser Fall geht mir einfach nicht aus dem Kopf und ich werde ihn verdammt noch mal lösen! Plötzlich setzte sie sich steil im Bett auf. Minutenlang dachte sie sehr konzentriert über einige Fakten nach und langsam traten Dinge, die vorher unwichtig schienen, in den Vordergrund, nahmen erst verschwommen, dann immer klarer deutliche Konturen an und schließlich ergaben sie eine neue, ganz andere Geschichte. Nun war an schlafen nicht mehr zu denken. Sie setzte sich an ihren Laptop, steckte den Stick mit allen Unterlagen ein und las mehrere Aussagen, die ihr bisher nicht so wesentlich erschienen waren, noch einmal sorgfältig durch. Ja, dachte sie zufrieden, so würde sich alles zusammenfügen. Zu dieser neuen Sicht der Dinge hat mir also ein Traum verholfen oder vielmehr – Lilli sei Dank – Thomas Mann. Sie wird ausflippen vor Stolz, wenn ich ihr das erzähle, dachte Nelli vergnügt, als sie in der Küche die Kaffeemaschine in Gang setzte. Sie nahm einen Becher aus dem Schrank, dann fiel ihr plötzlich noch etwas ein. In ihrem kleinen Flur stand eine alte Kommode mit drei Schubladen. In den ersten beiden bewahrte sie alle möglichen Schlüssel, auch solche, die längst nicht mehr gebraucht wurden, auf, ferner Batterien, Klebstoff, Tesafilm, mehrere Scheren, zwei Taschenlampen und Notwerkzeug wie Schraubendreher, Zange, Hammer und einige Nägel in einem Kunststoffkästchen auf, alles penibel geordnet; in der untersten Schublade aber legte sie Gegenstände ab, die sie erst später an den richtigen Platz legen würde oder von denen sie noch nicht wusste, ob sie sie überhaupt aufheben wollte.

Ja, da war sie, die Zeichnung von diesem bemerkenswerten kleinen Mädchen Lisa. Sie schaute sie sich sorgfältig an, nachher würde sie das Kind anrufen und eine Frage stellen. Sie setzte in Gedanken den Anruf auf die Liste der anderen Dinge, die sie heute erledigen und dann abhaken könnte, um ihre Theorie zu bestätigen und eine vollständige Beweiskette herzustellen. Natürlich würde sie auch einiges delegieren, an Anja z.B. und auch Rötter musste helfen, aber ihm würde sie noch nicht allzu viel erzählen, denn sollte sie wider Erwarten doch falsch liegen, sollte er nicht triumphieren und vor geheucheltem Mitleid zerfließen.

Selbstzweifel sind gesund, dachte sie mit brennenden Augen, aber ich bin so gut wie sicher. Jetzt merkte sie, dass nicht nur ihre Augen brannten, sondern auch ihr Hals kratzte und sie mehrmals hintereinander niesen musste. Auch das noch, aber eine dämliche Erkältung hält mich nicht von meiner Arbeit ab, dachte sie grimmig, erst recht nicht so kurz vor dem Durchbruch.

Was tun? Was soll ich nur tun? Kann mir irgendjemand sagen, was ich tun soll? Ach, wenn ich Ihm alles sagen könnte! Würde er es verstehen? Oder würde er sich voller Grauen von mir abwenden?

War dieses Zimmer schon immer so klein? Die Wände kommen näher, mein Gott, die Wände bewegen sich! Die Luft wird knapp, ich bekomme keine Luft mehr! Hört mich denn niemand schreien?

„So kannst du jedenfalls nicht mit zum Geburtstag gehen! Willst du, dass Oma an ihrem 70. einen Schlaganfall bekommt?" Lilli schaute ihre Tochter zornig an, die in der ganzen herausfordernden Haltung ihrer 16 Jahre vor ihr stand. Die schwarzen Leggins steckten in hohen schwarzen Stiefeln, das schwarze, knallenge T-Shirt zierte vorn ein Totenkopf und hinten mehrere über Kreuz gelegte Knochen. Die kurzen, schwarzgefärbten Haare waren hochgegelt und standen stachelig vom Kopf ab. Stachlig wie ihr ganzes Wesen, dachte ihre Mutter wütend und starrte angewidert auf die mit schwarzem Kajal dick umrandeten Augen, den schwarzen Lippenstift und den schwarzen Nagellack auf den abgeknabberten Nägeln. Ein breiter Totenkopfring zierte den linken Daumen. Lilli selbst liebte die Farbe schwarz und trug auch oft schwarze Kleidung, sie hatte auch keineswegs etwas gegen Make-up, aber die riesige, schwarze Spinne, die ihre Tochter sich mit einem Schminkstift auf die linke Wange gemalt hatte und das breite Hundehalsband mit den vielen Nieten, dass sie um den Hals trug, dazu der glühende, hasserfüllte Blick, mit dem Martina sie anstarrte, brachten sie schlichtweg aus der Fassung. Niemals hätte sie es für möglich gehalten, dass ihr kleines Mädchen, das einstmals so niedlich in ihren rosa Sachen ihre Barbiepuppen und mein kleines Pony – Figuren zum so als ob – Teetrinken um den rosa Plastikpuppentisch gruppierte, so gegen ihre Mutter rebellieren würde. Damals hatte sie ihre Mami doch heiß und innig geliebt und mit vielen, feuchten Küsschen bedeckt. Auch ihre

Eifersucht auf die Zwillinge, die zwei Jahre nach ihr auf die Welt kamen, war nicht übertrieben heftig gewesen, denn Lilli hatte ihr damals immer gesagt, dass sie froh war, wenn die beiden *Plagegeister* endlich schliefen und sie sich mit ihrer *Großen* allein beschäftigen konnte. Damit hoffte sie eine Art Beschützerinstinkt bei der Tochter zu wecken und es hatte ganz gut geklappt. Auch wenn sich Martina den Jungen gegenüber oft als Klugscheißerin aufgespielt hatte, nahm sie ihre kleinen Brüder gegenüber den Eltern und anderen Kindern stets in Schutz.

Diese Zeiten waren längst vorbei, dachte Lilli wehmütig; zurzeit giftete die Schwester die Zwillinge nur an, wenn sie sich überhaupt dazu herabließ, ein wie auch immer geartetes Wort an sie zu richten. Malte und Moritz, die sich ohne Worte verstanden und ohne den anderen nichts unternahmen, was wohl so in der Zwillingsnatur liegen musste, wie Lilli dachte, rächten sich auf ihre Art, indem sie der Schwester so manchen üblen Streich spielten.

Wann hatte das angefangen mit unseren ständigen Auseinandersetzungen, fragte sich Lilli. Mit Schaudern dachte sie an den letzten Krach, den sie mit Martina gehabt hatte. Aber ich konnte ihr doch nicht erlauben, dass sie ihre Haut mit Tattoos und Piercings traktieren lassen wollte, dachte sie gequält. Sie hatte es ihr unter Androhung von Taschengeldentzug ganz entschieden verboten und den ungeteilten Hass der Tochter damit auf sich gezogen, denn *er* ist ja nie da, dachte sie wütend, als

sie den Schlüssel ihres Mannes im Türschloss hörte, der heute früher nach Hause kam, damit alle als geschlossene Familie zum Geburtstag seiner Mutter fahren konnten. Sie merkte aber sogleich an seinem Gesichtsausdruck, dass er heute der Konfrontation nicht aus dem Weg gehen konnte, denn er starrte seine Tochter entgeistert an. Dann brüllte er los: „Bist du verrückt geworden? Was fällt dir denn ein? Du siehst ja aus wie eine Junkienutte!" Sein Gesicht wurde knallrot und er schnappte nach Luft. Voller Wut wandte sich Lilli ihm zu und brüllte zurück: „So redest du nicht mit unserer Tochter, hörst du? Das dulde ich einfach nicht!"
„Ach ja? Du bist doch zuständig für ihre Erziehung. Du bist doch den ganzen Tag zu Hause. Du bist verantwortlich für das, was aus ihr geworden ist, jetzt siehst du, was du mit deinem ach so liberalen pädagogischen Stil herangezüchtet hast." Bei seinen letzten Worten schraubte er seine Stimme höhnisch in die Höhe und Speichel spritzte ihm aus dem Mund.
Tief verletzt schaute Lilli ihn an und sagte leise: „Wie kannst du nur? Und alles vor Martina."
Sie sahen sich beide nach Martina um, die unauffällig das Zimmer verlassen hatte, als sie nicht ohne eine gewisse Befriedigung gemerkt hatte, dass sich der Zorn ihrer Eltern nicht mehr auf sie richtete. Sie holte ihre Sporttasche aus dem Schrank und stopfte wahllos Klamotten und Schminkzeug hinein. Dann schob sie die Tasche mit dem Fuß unter ihr Bett. Sie griff sich ihren I-Pod, ließ sich aufs Bett plumpsen und stöpselte sich die

Kopfhörer in die Ohren. Später riss ihre Mutter die Tür auf: „Martina, wir müssen jetzt los zu Oma, bitte komm."
„Du glaubst es mir vielleicht nicht, aber ich musste mich tatsächlich übergeben und jetzt ist mir ganz schwindlig, ich kann wirklich nicht mitkommen." Sie war keine schlechte Schauspielerin und setzte noch eins drauf: „Ich glaube, eure andauernden Streitereien sind mir auf den Magen geschlagen."
Lilli schaute sie stumm an und gab schließlich resigniert nach.
Michael Rötter, Peter Baumann, der Chef Dietmar Kadenbach und die kleine Anja Buschkau standen mit Kaffeebechern in den Händen hinter der großen Scheibe, die auf der anderen Seite ein Spiegel war und schauten gebannt auf Nelli und die dünne Frau mit dem weißen Gesicht, die bereitwillig alle Fragen beantwortete. Durch einen Lautsprecher konnten sie alles mithören. Zu ihnen gesellte sich nun noch eine Frau in den Vierzigern, Doktor Kerstin Schuster, Polizeipsychologin, eine ruhige, kompetente Person, die ihnen schon oft bei den Verhören mit ihrem Fachwissen geholfen hatte. Nelli hatte einen „unsichtbaren" Knopf im linken Ohr, der auf der anderen Seite mit einem Mikrofon gekoppelt war, durch das Kerstin Schuster ihr Fragen „vorsagen" konnte. Nelli war jedoch kaum imstande, Fragen anzubringen, denn die Frau ihr gegenüber redete mit leiser, hastiger Stimme unentwegt, wobei nicht klar war, ob sie sich Nellis Gegenwart immer bewusst war, denn ihre übergroßen, blauen Augen irrten über den Tisch, die

kahlen Wände und den großen Tarnspiegel. Mit den Fingern der einen Hand zupfte sie unentwegt an der Haut neben den Fingernägeln der anderen Hand. Hatte sie ein größeres Hautfetzchen abgepult, riss sie es ab, so dass es neben den Nägeln schon hie und da blutete. Nelli konnte es kaum mit ansehen.

Als sie zwei Stunden zuvor die Kollegen in ihrem Büro zusammengetrommelt und ihnen den Fall dargelegt hatte, waren sie überrascht und hatten viele Fragen gestellt, die sie fast alle beantworten konnte unter Anführung von Beweisen, die sie vorher noch mit tatkräftiger Unterstützung der anderen eingeholt hatte.

„Ich hätte nicht gedacht, dass Sie Thomas Mann lesen," meinte Rötter respektvoll.

„Tu ich auch nicht," sagte Nelli vergnügt, „aber meine Freundin ist ein Fan von diesem steifen Lübecker, daher weiß ich eine Menge über ihn, von Lillis Schwärmereien nämlich. Also um mir mehr literarische Bildung beizubringen," meinte Nelli grinsend, „hat mir meine Freundin einige Erzählungen von Thomas Mann als Hörspiele auf CD geschenkt."

„Kann man sich doch auch ganz einfach und kostenlos aus dem Netz herunterladen," warf die kleine Anja ein.

„Das will ich nicht gehört haben," brachte Kadenbach sie mit einem strengen Blick zum Schweigen.

„Also," fuhr Nelli unbeirrt fort, „unter diesen Geschichten war auch eine namens *Wälsungenblut*, eine schrecklich schwülstige Angelegenheit, aus *Richard Wagner* entlehnt, nehme ich an, na, jedenfalls gibt es ein Zwillingspaar, das ein inzestuöses Verhältnis hat, so viel habe ich noch mitbekommen, bis mich der Schlaf überwältigte und ich prompt die Geschichte in einen Traum mitnahm, in dem auch Markus Scholl eine Rolle spielte." Eine ganz leichte Röte stieg ihr ins Gesicht, aber gleich darauf blinzelte sie, zog die Nase kraus und nieste heftig in ihr Tempotuch, welches sie schnell vor ihr Gesicht hielt.

„Gesundheit," murmelten alle und Nelli fuhr fort: „Ja, diese verdammte Erkältung weckte mich auf und mit plötzlicher Klarheit sah ich den Fall der Familie Scholl aus einer ganz anderen Perspektive, die mir zuvor gar nicht in den Sinn gekommen war, denn wenn Markus mit seiner Schwester Annette ein Liebesverhältnis, also auch im sexuellen Sinn, gehabt hat, dann hätte doch Annette ein Motiv gehabt, die Frauen, mit denen ihr Bruder eine ernsthafte Verbindung eingehen wollte, zu hassen."

„Hört, hört," meinte Kadenbach auf altmodische Art mit dröhnender Stimme und die kleine Anja sagte: „Aber hätte es nicht gereicht, sie auf irgendeine Art schlecht zu machen, sie zu töten, das ist doch total krank!"

„Ja, eben," meinte Peter Baumann, der sich bisher zurückgehalten hatte, „diese Frau ist völlig krank, ich fand sie richtig gruselig."

„Eine Beziehung unter Geschwistern, das allein ist doch schon krank," sagte Rötter und verzog verächtlich den Mund.

„Das gibt es öfter als man denkt," sagte Nelli, „ich hab` mich bei Wikipedia mal schlau gemacht, aber davon mal abgesehen, könnte ich mir vorstellen, dass Annette

Brehm eine Psychose hat, sicherlich wird sie psychiatrisch untersucht werden. Ich glaube, dass die sexuelle Verbindung zu ihrem Bruder abbrach, als sie geheiratet hat, vielleicht hat sie auch genau aus diesem Grund geheiratet, nämlich um eine ganz *normale* Beziehung einzugehen, mit Kindern und allem Drum und Dran, von der Gesellschaft akzeptiert. Wir wissen, dass sie hochbegabt ist und es auf wissenschaftlichem Gebiet weit hätte bringen können. Dass sie darauf verzichtete und ihr Studium abbrach, hat sie vielleicht auf eine verkorkste Weise als Selbstbestrafung angesehen. Niemand durfte von ihrem Verhältnis erfahren, es hätte schließlich der Karriere des geliebten Bruders geschadet. Indem sie sich ganz ihrer Familie widmete und darin aufging, riss sie sich sozusagen ihre Leidenschaft für den Bruder gewaltsam aus dem Herzen. Ich weiß, das hört sich kitschig an," meinte Nelli ironisch, „aber ich weiß nicht, wie ich es besser ausdrücken soll."

Sie musste wieder niesen und schnäuzte sich kräftig. Dann holte sie tief Luft und fuhr fort: „Sie hatte aber wohl nicht bedacht, dass Markus ja auch damit fertig werden musste, dass sie das sexuelle Verhältnis gelöst hatte. So stürzte er sich in lockere Abenteuer, wechselte die Frauen wie seine Hemden, sicherlich, um seinen Kummer zu betäuben, doch dann lernte er Melanie Schuster kennen, verliebte sich in sie. Und das war die erste Bedrohung für Annette, das muss eine Krise bei ihr ausgelöst haben, vielleicht eine beginnende Schizophrenie, was weiß ich. Wenn sie nicht gesteht, fürchte ich, können wir ihr den

Mord an dem armen Mädchen nicht nachweisen. Vielleicht hat sie ja auch diesen Teil ihrer Person so von sich abgespalten, dass sie es tatsächlich nicht mehr weiß. Das wäre der klassische Fall, wie wir es alle aus dem Fernsehen kennen, ja, sicher , ein Klischee," Nelli sah Rötter an, der die Brauen hochgezogen hatte, „aber," fuhr sie fort, „das heißt ja nicht, dass es so etwas nicht tatsächlich gibt. Ich will hier auch nicht die Klugscheißerin spielen," sie blickte verlegen in die Runde, worauf von den anderen beruhigendes Gemurmel erfolgte, „ich möchte euch lediglich mitteilen, was ich mir so in der Nacht überlegt und zurechtgelegt habe. Nachdem sie diese Melanie Schuster ausgeschaltet hatte, wovon ich jetzt einfach mal ausgehe, hatte sie eine Weile Ruhe, bis Sabine Brinkmann auftauchte, die Markus sogar heiraten wollte. Und sie war eine erfolgreiche Ärztin, sympathisch und beliebt bei der Familie Scholl. Sosehr Annette froh war, für ihre Liebe zum Bruder ein Ventil in ihrer eigenen Familie gefunden zu haben, denn sie liebt ihre Kinder, wovon wir uns alle überzeugen konnten und ich glaube, sie ist auch ihrem Mann aufrichtig zugetan, so konnte sie es doch nicht ertragen, Markus ernsthaft und für immer an eine andere Frau zu verlieren."
„Was ist mit dem Tatfahrzeug? Wir wissen, dass Annette Brehm keinen hellen Mercedes fährt und auch bei keinem Autoverleih war," warf Rötter ein.
„Genau richtig," sagte Nelli triumphierend und musste abermals niesen.

„Und da fiel mir eine Zeichnung der kleinen Lisa wieder ein, die sie mir geschenkt hat und die ich bei mir zu Hause aufbewahrt habe. Sie hat darauf das Hochzeitspaar, sich selbst und ihren Bruder gezeichnet und sich beim Ausmalen mit den Farben sehr viel Mühe gegeben, im Hintergrund sind die Umrisse eines großen Autos zu sehen mit bunten Blumen obendrauf, das Auto selbst ist nicht farbig. Ich hab Lisa vorhin angerufen und danach gefragt, und wie Kinder so sind, konnte sie sich noch sehr genau daran erinnern und sie erklärte mir, sie habe kein Silber mehr gehabt und konnte daher den Wagen nicht ausmalen. Und da fiel mir auch schlagartig wieder ein," Nelli warf beide Hände in die Höhe, „damals sagte mir das Kind, sie würden für die Hochzeit das große Auto von Tante Mona ausleihen. Ich habe dem keine Bedeutung beigemessen, weil das ja alles für eine Zukunft stand, die dann gar nicht so stattfand. Aber tatsächlich hat Annette eine Freundin, namens Monika Behrens, genannt Mona, die seit einem halben Jahr mit ihrem Mann auf einer Weltreise ist, eine Villa am Wannsee besitzt und drei wunderschöne Autos, darunter einen silbernen Mercedes SL. Ja, so reiche Leute gibt es, Peter," sagte sie zu ihrem Kollegen Baumann, der einen Pfiff ausgestoßen hatte.

„ Diese Mona hat Annette gebeten, nach dem Rechten zu sehen und ihr sämtliche Schlüssel ausgehändigt, auch die Autoschlüssel. Annette hat sich den Mercedes für den Mord an Sabine ausgeliehen."

„Perfide," dröhnte Kadenbachs Stimme, „die Freundin zu belasten."
„Nein, gar nicht," fuhr Nelli in ihren Ausführungen fort, „ihr Bruder Markus kannte Mona und Jürgen Behrens nicht, das sind ausschließlich Freunde von Annette und ihrem Mann. Sie wären auch nicht zur Hochzeit eingeladen worden. Die kleine Lisa hat gehört, wie Annette mit ihrem Mann darüber sprach, den großen Wagen der Freundin für die Feier auszuleihen. Kinder kriegen viel mehr mit, als man denkt, besonders so aufgeweckte wie dieses kleine Mädchen. Ich habe heute morgen unsere Anja mit einer Aufgabe betraut und sie wird uns nun erzählen, was sie herausgefunden hat."
Nelli wies mit einer Geste auf die kleine Anja Buschkau und lächelte ihr zu.
„Ich habe jede Menge Kfz-Werkstätten angerufen," sagte Anja eifrig, „und bin endlich fündig geworden bei einer in Frohnau, also sehr weit vom Wohnort der Familie Brehm entfernt." Sie nahm ein Blatt vom Schreibtisch und las vor: „Ein silberner Mercedes SL mit dem Kennzeichen B-CR 2222, zugelassen auf eine Monika Behrens, wurde am 30.05. diesen Jahres mit Lackschäden und verbogener Stoßstange zur Reparatur gebracht."
Rötter meinte aufgeregt: „Und wenn wir Glück haben und die Spusi ihn ganz sorgfältig untersucht, werden noch DNA-Spuren von Sabine Brinkmann zu finden sein!"
„Das hoffe ich," meinte Nelli zuversichtlich, „auch wenn sie ihn durch die Waschanlage geschickt hat, werden die

Bürsten nicht überallhin gekommen sein. Hat jemand noch Tempos dabei? Meine sind alle."

Der stets hilfsbereite Rötter reichte ihr eilfertig ein Päckchen. Nachdem sie sich ausgiebig die Nase geschnaubt hatte, fuhr sie fort: „Die arme alte Frau Sembach war eine Zeugin und musste beseitigt werden. Ich nehme mal an, dass ihr dieser Mord sehr zu schaffen gemacht hat, aber, um noch ein Klischee zu bedienen, nur der erste Mord ist der schwerste, nicht wahr? Im Treppenhaus wurde sie von Jessica Thiel, die damals mit Andi Laube befreundet war, gesehen; welch ein verhängnisvoller Zufall, dass ausgerechnet sie die nächste Freundin von Markus wurde, auch wenn er keine ernsthaften Absichten hatte, so war sie doch seine Begleitung auf der Geburtstagsfeier seines Schwagers. Annettes Schock muss groß gewesen sein, als sie erkannte, wen er da mitgebracht hatte und es war keine Zeit für sorgfältige Planung, sie musste improvisieren. Vielleicht hat Jessica Thiel sie an dem Abend noch gar nicht erkannt, aber wenn sie sich öfter gesehen hätten....., vielleicht hat sie aber auch gleich gemerkt, wen sie da vor sich hatte und eins und eins zusammengezählt und Annette noch an diesem Abend versucht, zu erpressen, egal, wir werden sie dazu befragen. Jedenfalls hat Annette die Gelegenheit ergriffen, als Jessica in die Garage ging, um sich aus dem Auto Zigaretten u holen, und folgte ihr. Sie erschlug sie mit dem Werkzeug ihres Mannes."

„Aber ich verstehe nicht ganz," rief die kleine Anja aus, „die Geburtstagsgäste haben doch ausgesagt, dass zu dem Zeitpunkt alle anwesend waren."
„Ja, aber wenn die Gastgeberin, die doch idealer weise ständig ein Auge auf ihre Gäste hat, in die Küche geht, um schmutzige Gläser hinauszutragen, noch mehr Getränke zu holen und so weiter, dann registriert das doch keiner, oder? Ich nehme an, darauf achtet keiner."
Nelli schaute beifallheischend in die Runde, „man läuft doch ständig hin und her, um für das Wohl seiner Gäste zu sorgen, die nehmen das doch gar nicht richtig wahr, das ist selbstverständlich für sie, sich bedienen zu lassen. Und Annette hatte wohl einfach Glück, dass sie kein Blut auf ihrer Kleidung hatte, denn zum Umziehen war nun wirklich keine Zeit."
Sie holte tief Luft und fuhr fort: „Ich bin mir aber sicher, das ein Mensch gemerkt hat, dass Annette ein Weilchen verschwunden war, ich meine ihre Mutter. Eine Mutter nimmt ihre Kinder auch am Rande wahr, das hört nie auf, auch wenn sie längst erwachsen sind. Sie muss schon längere Zeit etwas geahnt haben, nach dem Tod von Jessica wird sich ihr Verdacht bestätigt haben. Sie muss schon lange die Veränderung ihrer Tochter bemerkt haben, dass diese immer mehr abmagerte, immer blasser wurde, ihre krankhafte Angespanntheit. Wahrscheinlich hat sie als einzige von dem sexuellen Verhältnis ihrer Kinder gewusst oder zumindest geahnt und alles in sich verschlossen, mit keinem darüber gesprochen. Sie liebte ihre Kinder und sah keinen anderen Ausweg als alles auf

sich zu nehmen, sie hätte es nicht ertragen, ihre Tochter im Gefängnis zu sehen, aber sie war auch nicht dumm; ihr war klar, dass sie unseren Befragungen nach den näheren Umständen der Taten nicht hätte standhalten können, denn sie wusste ja wirklich keine Einzelheiten. Aus Angst, ihre Tochter könne durchdrehen und ihr Opfer nicht zulassen, wagte sie es nicht mit ihr zu sprechen. Sie hinterließ ihr Geständnis und wählte den Selbstmord."

Rötter meinte nachdenklich: „Hat sie denn angenommen, Annette hätte mit dem Morden aufgehört, wenn sie als Mutter alles auf sich nimmt?"

„Das werden wir nie erfahren," sagte Kadenbach. „Aber hat wirklich kein anderer etwas geahnt in dieser Familie? Auch nicht Markus, der ihr doch mehr als nahe stand? Die Sache mit dem Inzest, hat er das eigentlich niemandem erzählt?"

„Na ja," meinte Peter Baumann, „hätte er das seinen Freundinnen erzählt, wären die vielleicht angewidert gewesen, hätten sich womöglich von ihm abgewandt, wer weiß."

Nelli musste an den Abend denken, als Markus bei ihr war und sie das Gefühl hatte, dass da noch eine andere Sache war, die ihn quälte, beinahe hätte er eine Beichte abgelegt. Wurde ihm da im letzten Augenblick klar, dass er somit seiner Schwester ein Motiv liefern würde? Und das ausgerechnet vor ihr, der Polizistin! Kam ihm da erst selbst dieser ungeheure Verdacht? Hatte sie den Schrecken, die plötzliche Erkenntnis und die Verzweiflung in seinen Augen gesehen und falsch gedeutet? Nelli seufzte, was einen erneuten Niesanfall auslöste. Auch am Ende eines Falles gab es so viele ungelöste Fragen, auf die sie wohl nie Antworten finden würde.

Annette Brehms unaufhörlicher Redefluss stockte plötzlich und dann liefen ihr Tränen über die eingefallenen Wangen und das hörte überhaupt nicht mehr auf. „Meine Kinder, oh mein Gott, was wird mit meinen Kindern, müssen sie das erfahren, dass ihre Mutter..," sie schlug die Hände vor ihr Gesicht und als sie ergeben die Hände auf den Tisch fallen ließ, hatten die blutig gerissenen Nagelhäute rote Linien in ihrem tränennassen Gesicht hinterlassen. Sie sah Nelli an und fragte leise und heiser: „muss Felix wirklich erfahren, das Markus sein leiblicher Vater ist? Kann man ihm das nicht ersparen? Er wird das gar nicht begreifen."
Nelli schaute diese vierfache Mörderin, vor der es sie eben noch gruselte, voller Mitleid an: „ich denke, irgendwann muss er die Wahrheit erfahren, später, wenn er älter ist. Sie holte tief Luft und dachte, aber das ist zum Glück nicht meine Sache. Was für eine griechische Tragödie, würde Lilli sagen.
Nach über zwei Stunden hatte Nelli durch gezielte Fragen alles von Annette erfahren. Sie hatte die Morde an den Frauen zugegeben, sie hatte den Freitod ihrer Mutter tief bedauert; die arme Frau Sembach einmal ausgenommen, zeigte sie jedoch keinerlei Reue über ihre Taten. War sie wirklich krank und deshalb unfähig dazu? Egal, Nelli hatte jetzt genug von ihr, sie fühlte das Fieber in ihrem Körper

und hatte nur den einen Wunsch, sich endlich hinlegen zu dürfen.

Annette würde nun einen Imbiss erhalten, dem Untersuchungsrichter vorgeführt werden und wohl auch ärztlich untersucht werden, körperlich und psychisch. Oder umgekehrt? Jedenfalls würde jetzt alles seinen Fortgang ohne sie nehmen. Sie war so unendlich müde. Da kam Baumann in den Untersuchungsraum und flüsterte Nelli zu, dass Annettes Mann mit ihren Kindern da sei und sie dringend zu sehen wünschte. Außerdem wollte er unbedingt auf ihren Anwalt warten, den er telefonisch benachrichtigt hatte, ein Freund der Familie.

„Er hat die Kinder dabei?", fragte Nelli ungläubig.

„Er konnte wohl auf die Schnelle keinen Babysitter bekommen, da hat er sie einfach mitgebracht. Der Arme ist schrecklich aufgeregt."

Spontan sagte Nelli: „Schick sie alle mal kurz 'rein."

Annette hatte in den letzten Minuten ihren Kopf auf die verschränkten Arme gelegt und schien eingeschlafen zu sein. Als sie den Kopf hob, weil Nelli sie sanft an der Schulter berührte, erschrak sie über den völlig veränderten Ausdruck in ihren Augen. Mit einer totalen Distanziertheit, beinahe Feindseligkeit sah Annette sie an. Jäh bezweifelte Nelli, ob es eine gute Idee war, die Familie hereinzuholen, aber es war schon zu spät. Klaus Brehm stand, zwei Meter von seiner Frau entfernt, neben dem Wachhabenden, den einen Arm um Lisa, den anderen um Felix geschlungen. Die Kinder drängten sich eng an ihren Vater und schauten Annette mit großen

Augen an. Was hatte er ihnen wohl gesagt, überlegte Nelli besorgt. Leise sprach er seine Frau an, flehte mit heiserer Stimme. Annette zog die Augen leicht zusammen und schaute ihn fremd an, Felix rief leise: „Mami, gehen wir jetzt nach Hause?"

Sie richtete die blauen Augen, die übergroß in dem hageren Gesicht wirkten, auf ihren Sohn, schaute erst ihn, dann das kleine Mädchen, das angefangen hatte, leise zu weinen, erstaunt an. Es schien so, als erkannte sie ihre Familie nicht. Dann wandte sie den Blick ab, ließ ihn nach innen wandern in ihre ureigene, so seltsame Welt, verblieb dort und rührte sich nicht mehr, saß völlig bewegungslos, katatonisch fast, wie eine dieser menschlichen Statuen, die sich auf öffentlichen Plätzen von und mit Touristen für Geld fotografieren ließen.

Klaus Brehm wollte einen Schritt nach vorne tun, er fing an, hastig auf die Mutter seiner Kinder einzureden, Nelli schob ihn mit den Kindern schnell aus dem Raum, brachte alle in ein Zimmer, das die Polizei den Familienraum nannte. Der war so angenehm es ging, eingerichtet, auch mit etwas Spielzeug und abgegriffenen Bilderbüchern bestückt. Zögernd griff die kleine Lisa nach einem Buch, Felix blieb dicht an seinen Vater gelehnt. Nelli versuchte, Klaus Brehm, so gut es ging, zu beruhigen, der jetzt vor Anspannung rot angelaufen war und dessen Hände zitterten. Sie bat die Polizeischülerin Anja Buschkau, Kaffee mit viel Zucker zu holen und für die Kinder einen Saft.

„Sie ist nicht verantwortlich für das, was sie getan hat, Sie sehen doch, in welchem Zustand sie ist!" ‚rief Brehm aufgebracht.

„Sie wird ärztlich untersucht, auch psychiatrisch und wenn es nötig ist," setzte Nelli zögernd hinzu, „in eine entsprechende Einrichtung gebracht, aber das muss ein Richter entscheiden."

Er schlug beide Hände vor sein Gesicht und sein ganzer Körper wurde von trockenem Schluchzen heftig geschüttelt. Lisa rannte zu ihrem Vater und schlang beide Ärmchen um seinen Hals. Anja erschien mit den Getränken und sagte leise zu Nelli: „Die beiden Schollbrüder sind mit ihrem Vater draußen, sollen sie hereinkommen?"

„Das wäre ganz gut," Nelli stand auf und begrüßte die Hereinkommenden. Die beiden Brüder waren bleich, Ernst Scholl sah um Jahre gealtert aus. Markus fasste Nelli sanft am Arm und bat sie einen Augenblick zur Seite. „Ich wollte es dir persönlich sagen, ich werde nach Afrika gehen mit *Ärzte ohne Grenzen,* ich spiele schon mit dem Gedanken seit Mutters Tod. Natürlich erst nach dem Prozess und wenn sich hier alles etwas beruhigt hat, mein Gott, das hört sich so herzlos an," er sah sie verzweifelt an, „du musst mich für total egoistisch halten, aber....ich kann einfach nicht mehr! Der Schock! Annette muss psychisch krank sein, glaub mir. Und mit Mutters Tod werde ich auch nicht fertig. Ich muss einfach weg!"

„Schon gut, ich verstehe das ja," Nelli streichelte verstohlen seinen Arm, „ jetzt solltest du aber zu den anderen gehen, sie brauchen dich."

Sie ließ ihren Toyota auf dem Polizeiparkplatz für Beschäftigte stehen und hatte sich bereitwillig von Rötter nach Hause fahren lassen.
Er sagte nicht viel, warf ihr hin und wieder besorgte Blicke zu. Als sie ausstieg, riet er ihr, Aspirin und Lindenblütentee zu sich zu nehmen, was sie für keine schlechte Idee hielt. In ihrer Wohnung angekommen, hatte sie jedoch keine Kraft mehr dazu. Sie zog sich aus und warf die Sachen entgegen ihrer Gewohnheit einfach auf den Boden, schlüpfte in ihren wärmsten Pyjama und wickelte sich obendrein in ihren Bademantel, denn ihre Zähne klapperten vor Schüttelfrost. Sie hatte den Kopf kaum auf das Kissen gelegt, da schlief sie schon.
Nelli hatte keine Ahnung, wie lange sie geschlafen hatte oder welche Tageszeit war, als das Dauerklingeln an der Wohnungstür, das partout nicht aufhören wollte, sie zwang, ihre Augen mühsam einen Spalt aufzumachen. Sie hatte ein Gefühl, als schabten die Lider über Sandpapier.
Wer zum Teufel, dachte sie, als sie sich zur Tür schleppte. Sie hatte rasende Kopfschmerzen und ihr war so schwindelig, dass eine Welle von Übelkeit in ihren Hals stieg.
Zuerst erkannte sie das junge Mädchen nicht, das da mit einem schwer aussehenden, vollgestopften Rucksack, den es neben sich gestellt hatte, vor ihr stand. Sie

blinzelte es aus ihren entzündeten Augen an, bis sie ein „Was ist passiert?" hervorkrächzte.

„Nichts ist passiert," sagte Martina kleinlaut, „aber, du, Tante Nelli, darf ich ein paar Tage bei dir bleiben?"

Nelli brauchte eine Weile, bis sie begriff, dann öffnete sie weit ihre Tür, schlurfte wieder in ihr Schlafzimmer und sagte über die Schulter: "Komm `rein, schließ die Tür und leg die Sicherheitskette vor."